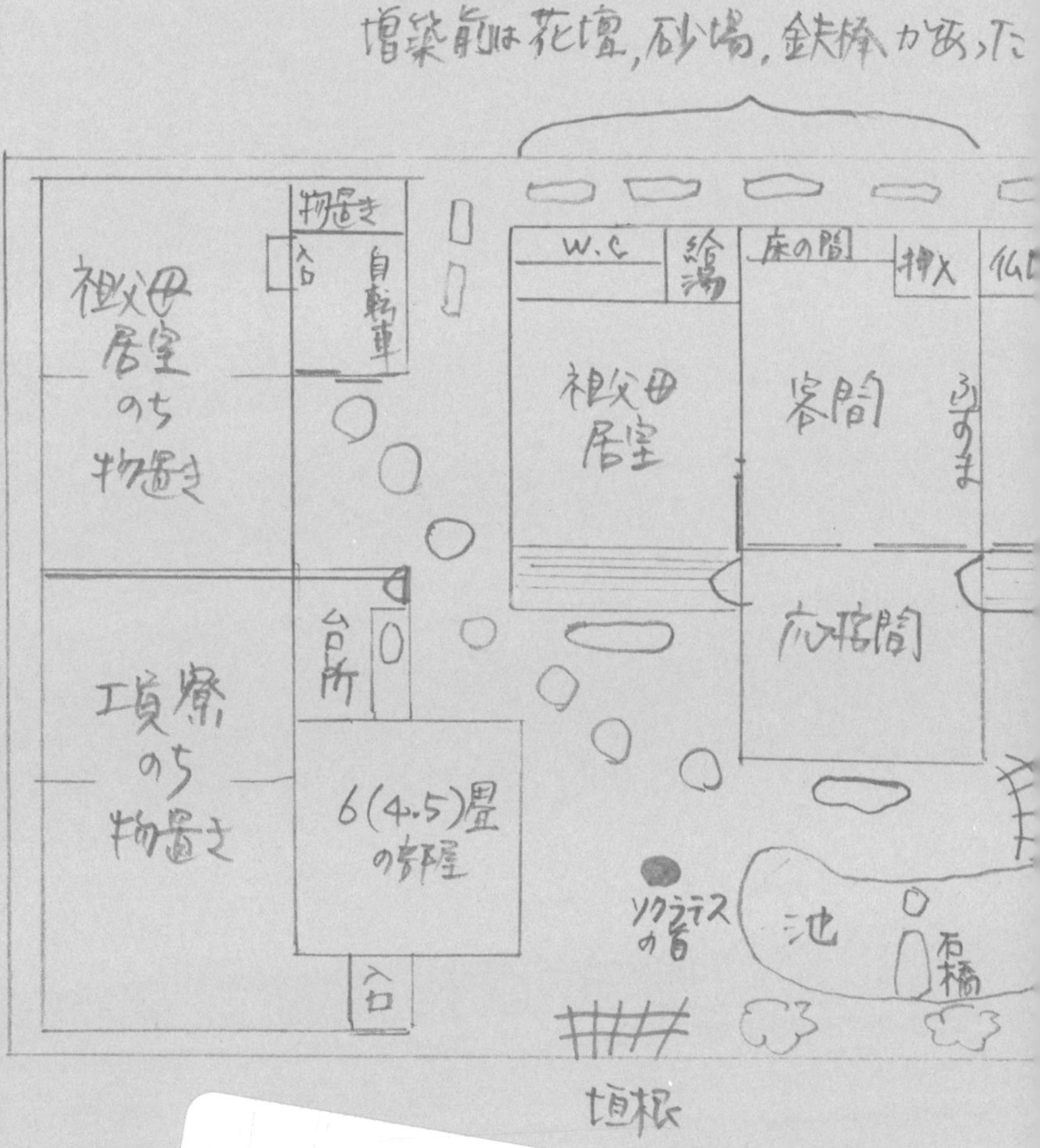
増築前は花壇、砂場、鉄棒があった
物置き
入口
自転車
祖父母居室のち物置き
工員寮のち物置き
台所
6(4.5)畳の部屋
入口
W.C
給湯
床の間
押入
仏
祖父母居室
客間
ふすま
応接間
ソクラテスの墓
池
石橋
垣根

庭のソクラテス

記憶の中の父　加藤克巳

長澤洋子

短歌研究社

まえがき

父について雑誌に書くように、と歌人の沖ななもさんにすすめられたのは父が亡くなって五年ほど経ったころだった。思い出すまま二、三回の連載のつもりで、ある時代を生きたひとりの父親の素顔を子どもの目線でスケッチしていくうち、いつの間にか回を重ねて本にまとめることになった。

私の父は、シュールレアリスムの影響を受けたモダニスト歌人と言われた加藤克巳という人である。

加藤克巳は一九一五年（大正四）、京都府綾部市で生まれた。父親の仕事の関係で青森から四国の宇和島まで全国を八回転校したのち、旧制浦和中学のころ数え年十五歳で短歌に出会い、國學院大學で折口信夫（釈迢空）、武田祐吉らの薫陶を受ける。学生時代に新芸術派短歌運動に加わり一九三五年（昭和十）、「短歌精神」創刊に参加。一九三七年、二十二歳で第一歌集『螺旋《らせん》階段』を刊行し新進歌人としてデビュー。太平洋戦争をはさんで終戦直後の一九四六年、いずれも三十代の新鋭歌人、近藤芳美、宮柊二、大野誠夫らと「新歌人集団」を結成、戦後歌壇に新風を送った。同年、大野誠夫、常見千香夫らと歌誌「鶏苑《けいおん》」を創刊。一九五三年、「近代」を創刊、主宰。一九六三年、「近代」を「個性」に改名。一九七〇年、第四歌集『球体』により第四回迢空賞受賞。一九八六年、『加藤克巳全歌集』により第九回現代短歌大賞受賞。現代歌人協会理事長、宮中歌会始召人などを務め、二〇一〇年（平成二十二）、九十四歳で永眠するまで日々歌を詠み続けた。

生涯を年表の上に載せてみると、一九一五年の第一次世界大戦がはじまった翌年に生まれ（と本人がよく言っていた）、大正から昭和を通り抜けて平成に至り、二〇一〇年、東日本大震災の前年までの九十四年間、百年には少し足りないが約一世紀を生きたことになる。そのうち昭和初期の十五歳から八十年間を歌人として過ごした。歌集二十冊のほか、評論集・随筆集に『意志と美』、『邂逅の美学』、『新歌人集団』、『鑑賞　釈迢空の秀歌』、『時はおやみなく』など多数。

ざっと言ってこんな経歴の人だ。

「父親はカジンなの」

「えっ？……」

しばしの沈黙。

子どものころはもちろんのこと、高校や学生時代もこんな会話が幾度となくあった。学校の友人で「カジン」が即座に「歌人」と思い当たる人は限りなくゼロに近く、そのなんとも言えない間を持たせることができない。

大人になり社会に出てからも、当の相手や家族が短歌に関心があったり短歌を詠む人であるか、あるいは仕事上で短歌や歌人に関わっている人に限りかろうじて、

「へぇぇ、そうだったの」

何しろ子どもにとって「カジン」は、「サラリーマン」や「お店屋さん」や「学校の先生」や「船乗り」の知名度から比べると圧倒的に分が悪い。この場合、子どもの世界では「船乗り」がカッコ良くて圧勝だろう。だから私は、「カジンノムスメ」であることを長い間封印してきた。かなり親しい友人知人に対してもあまり話題にしたことがないし、成り行きで話したとしてもモゴモゴと口の中で適当に言葉を飲み込んできた。

歌人は数から言えばマイナーだし、一般に歌人と俳人、短歌と俳句を混同している人も多いのが現実だ。普通の人は、西行や与謝野晶子や斎藤茂吉の歌を教科書で読んだことがあるか、教養として知っている程度と思っていたほうがよい。芥川賞や直木賞は誰もが知っているが、迢空賞が何であるかを知る人は少ない。

ましてや父の歌は前衛的だから、普通の人が想像するような、自然や恋を美しく、あるいは激しく歌いあげるものとも明らかに違う。ごくたまに父の歌を調べて読んでくれた人

も、「なかなかユニークね」とか、「変わった短歌だね」とか、率直な人は「難しくてわからなかった」、さらに率直な人は「で、どうやって食べてるの?」と心配そうにたずねた。これらの人たちは、いきなり父の若いころのカタカナだけや定型を無視したアヴァンギャルドな歌にブチ当たって玉砕したのかもしれない。関心のない人に説明するのは難しく面倒だし、第一求められもしない。関心のある人にも私には説明ができない。それに、子どもの私にとって父親の仕事はほとんど関係のないことだった。

これは、昭和のある時期に、家で子どもたちをよく笑わせてくれた面白い父親のものがたりである。そして、それはこの人がどのくらい普通の生活者として当たり前の暮らしをしてきたかという記録である。それはまた裏返せば、どのくらい本気で全身「歌人」を生き抜いたかという話でもある。

私自身の中の封印を解いていく作業はスリリングで、また解放感に満ちていた。こんな個人的な話にしばらく耳を傾けていただけるならば、心から感謝したい。

また、昭和三十年代の郊外の子どもたちが何をして遊び、どんな空気を吸って暮らしていたのか。子どもの目の高さで見ていた世界の考現学的な要素も幾分かはあると思う。時代のささやかな息づかいを感じていただけるだけでも、この上なく嬉しい。

目次

Ⅱ

庭のソクラテス

記憶の中の父

加藤克巳

装　画　パウル・クレー「庭園建築のプラン」(クレー・センター所蔵)
見返し　昭和六十年に改築する前の家の見取り図
私が古い記憶をたどりながら書いたものなので、寸法、バランスは相当あやしい。ディテールの記憶にもかなり濃淡があるが、おおよその雰囲気をイメージしていただければと思う。二階は省いた。

I

改築前の玄関と左は冠木門《かぶきもん》　昭和六十年

九十四年の父の人生で一緒に過ごしたのは私が家を出るまでのたかだか三十年、父の生涯の三分の一にも満たない。しかも、最初の数年は繰り返し聞くうちに自分の記憶だと思い込んでしまったものがたりだ。

ここでは、同じ家で過ごしたころの時間の蓋を少しだけ開けて、散り散りになった記憶を拾い集め、私の目に映った父の顔を思い出すままスケッチしてみたい。本当の顔など誰にもわからないが、せめて「感傷」などで輪郭をブレさせないよう心掛けたい。もっとも、父親の娘に対する顔など少々余分に甘味を盛っているもの。その証拠によく兄たちに「お父さんはヨーコに甘い、ヨーコはズルい」と言われ、ズルをしているつもりのない私は悔しい思いをした。しかし兄たちがそう感じたのなら、やはり幾分かは私に甘かったのかもしれない。

「つくりものがたり」のころ

物心ついてから何度も聞かされたフレーズがある。

「お望み通り女の子ですよ」

男がふたり続いたので次は女の子を望んでいた。旧浦和市、調《つきのみや》神社わきの萩原産院にて、一九五三年(昭和二十八)、父三十七歳の春である。三人目を産んだ母はさすがに冷静で、「髪の薄い元気な男のような女の子だった」というが、父はことさら喜んだそうだ。実際、私は幼稚園に上がる前までススキのように薄い髪がちっとも伸びず、母の心配の種だった。兄たちと連れて出るとどこでも、お坊っちゃん三人ですねと言われた。この年、若いころ師事した折口信夫が逝き、斎藤茂吉も去り、父は学生時代の第一歌集『螺旋階段』から戦争を挟んで十六年ぶりの第二歌集『エスプリの花』を出版し、終戦直後に大野誠夫、常見千香夫らと創刊した歌誌「鶏苑」を解散、新たに「近代」を創刊、主宰。そんな、父にとって激動の一年であったことなど、生まれたばかりの私は知る由もない。

次の記憶は「おはなし」である。三、四歳くらいだろうか。母は読み聞かせ、父は物語る人だった。毎晩父の布団でものがたりを聞くのが日課だ。「ねえ、おはなし」とせがんでは、昨夜のつづきがどうなるのかをワクワクしながら聞いた。そして次の晩もまた、「ねぇ、つづきのおはなし」と父の布団にもぐりこんだ。昼は会社、夜原稿を書く父が子どもの寝る時間に布団にはいるはずはない。寝かしつけるために布団にはいったのだろうか。内容は覚えていないが、少なくともかわいそうなお姫様が誰かに助け出されたりはしなかった。いつも、角を曲がると何か面白いことが起こる冒険譚だった。そして、主人公の名はいつも、「ヨーコ」だった。

母の読み聞かせのひとつに『ビルマの竪琴』があった。私は戦地で僧侶になり日本を思いながら肩にインコを留まらせて歩く水島上等兵の姿を想像し、何度聞いても涙ぐんだ。母の仲が良かった弟は沖縄の空で戦死した。思えば感情移入していたのは読んでいる母のほうだ。この弟は彰《あきら》という名で、母が「彰ちゃん」と言うので私たちは「彰ちゃんおじさん」と呼んでいた。京都の綾部という日本海側の盆地で漢方薬問屋を営む母の実家は、薬屋の家系だった。

「彰ちゃんはハンサムで頭が良くて製薬会社に勤めていたの。生きてたら偉くなっていたと思うのよ」

母のこうした話に、私たちは会ったこともない彰ちゃんおじさんを、大きいお兄さんのように近しく感じていた。

父もまた、ビルマのインパール作戦「死の行軍」で弟を亡くした。しかし父がこの叔父の話をすることはなかった。満州に従軍した父は、そもそもあまり戦争の話をしない。よく聞いたのは、満州では寒くてタオルが凍って棒みたいに手のひらの上で立つとか、オシッコがそのまま放物線状に凍るといったノンシャランな話だ。日本よりずっとずっと大きなだいだい色の太陽が凄いスピードで水平線に落ちるといった、大陸の光景を彷彿とさせる話もあった。へぇ、満州では太陽が大きいんだ、と私は間の抜けた感想を持った。

父は愉快を好む人だった。しかし、ここに至るまでの父の道に幾つもの屈託が織り込まれていたのは想像に難くない。戦争体験はもとより、復職した旧制浦和中学（現浦和高校）教員を病で辞し親の設立したミシン会社を継いだものの、慣れない仕事に苦闘し、志した短歌も道半ば。第一歌集から第二歌集まで実に十六年もの歳月を経なければならなかった父の過ごしてきた時間が、愉快でなかったことは言うまでもない。このころは驚くばかりに暗鬱な歌を詠んでいる。しかしどうしたことか、私の記憶の中の父には陰りが見えない。冗談好きでいつもカラリと機嫌の良い人。人生の大きなギアチェンジをこのころすでに終えていたということか。幼いころには「面白い」とか「ステキだ」とか陽性の言葉ばかり聞かされたが、あんがい父は自分に向かって言っていたのかとも思う。世界がそんなに「ステキ」で「面白い」ことに満ちていないのは、大人になるにつれ私もだんだんと知るようになる。しかし身体に刻みこまれたこの長調のトーンは今でもふと蘇ることがあり、心がやわらぐ。

父はまた戦争そのものを歌うことも少なかった。しかし、亡くなる前年の夏のことである。私は連休を利用して病室に通い、実家の庭の花を飾り、枕元で父の歌集を読んであげながらたわいのない話をしていた。すると、ある歌に行きあたったとき、ふいに父の目からひとすじ涙がこぼれた。

インパール・ホーライキョウの泥濘のほのじろき骨は弟である　『月は皎く砕けて』

もんだい

年子の兄ふたりはよく取っ組み合いのけんかをしていた。末っ子で女ひとりの私には、けんかの相手がいない。この家の嫁であり、祖父の会社の人や親戚の出入りの多い大家族の面倒をみていた母は忙しい。ときおりは兄たちに、「よーこちゃんも連れてってあげて」と頼んでくれ、私はオミソながら男の子たちの後ろからついて走り、外で真っ黒になって遊び回っていた。それでもやはり、仲間はずれになることがよくあった。そんなわけで、父が私をかまってくれたのだと思う。

父との遊びに「もんだい」というものがあった。このころのわが家の冬の暮らしの中心にはこたつがあった。部屋の真ん中の畳に半畳分の穴がくりぬいてあり、足を下に降ろすいわゆる掘りごたつ、「オコタ」である。玄関の奥、そのころの「お勝手」のとなりの茶の間に「オコタ」があった。テレビはない。

テレビがあるのは別棟になっていたはなれの祖父母の部屋の床の間の脇だった。子どもたちは、食事を終えてからでないとテレビを見に行ってはいけない。大みそかには近所に住むいとこたちが祖父母の部屋に集まってくる。映画館のようにテレビ画面の前に並んで座り、紅白歌合戦を見ていたのである。

このころ、私たち家族は冬は茶の間のこたつで食事をとっていた。八畳ほどの部屋には四棹の和洋の箪笥に母の一面鏡、小さな茶箪笥があった。茶の間とは名ばかり、要するに納戸である。家族五人がこの部屋でこたつに集まって食事をする。祖父母ははなれで食事をとったので、母が毎日三食、長四角のお盆に載せて食事を運んでいた。

さて、夕食を終えてから、私は毎晩父と「もんだい」をして遊んだ。小学生の兄ふたりはこたつの上に宿題のノートを、父は原稿用紙を広げていた。ということは、ここで父は原稿を書いていたのだろうか。ほかに部屋がないわけではない。祖父の建てた東西に長いこの家には、ガランとした座敷が廊下沿いに二間並び、通りに面した祖父の会社の事務所

昭和二十八年ごろ二階書斎にて。下左は次兄正芳、右は長兄則芳

の二階には洋室が二部屋あった。しかし、すきま風の吹き抜ける日本家屋で火ばち以外にはこたつだけが暖房であったことを思えば、ここに家族が集合して食後の時間を過ごしていたのもうなずける。

こたつの上に一番小さい私が広げたのが、「もんだい」だった。父は「宿題」のない私に、書き損じた原稿用紙や広告の裏に手書きの「もんだい」を作ってくれた。私はせいぜい学校に上がる前くらいだから、内容はほとんどお絵かき遊びに等しい。

時計の絵が描いてあって、いま何時ですかとか、お菓子の絵が二個と三個描いてあって合わせていくつありますかとか、私にわかるような簡単な文章の途中に（　）があって文字を埋める穴埋め問題など、たわいもないものだ。私はこの遊びが大好きで、毎晩食後に、「ねぇ、もんだいだして」とせがんでいた。大抵は、ハナマルがたくさんもらえて褒められたから嬉しかっただけ。というか、全部できるまでつきあってくれたから、必ず満点になったのである。

母の論理・父の論理

男の子たちに囲まれて走り回っていた私は、昔気質の母が、「女の子がそんなことでは……」と、密かに眉をひそめているのに、もちろん気付いていた。

一九一九年（大正八）未年生まれ。田舎の女学校の優等生だった母は真面目な努力家を絵に描いたような人だった。勧められるまま、親の知人の息子である父のところに一九四一年（昭和十六）十一月、つまり真珠湾攻撃のわずか一ヶ月前に嫁いできた。しかも当時、京都駅まで機関車で二時間もかかる山陰線沿いの街から、はるばる身寄りのない関東に。結婚式は京都の下鴨神社だった。父は七人兄弟、大家族の長男である。「昭和の嫁」を額縁にいれたような母の記憶はまた父の記憶と分かちがたく、もはやモザイクのように一枚の絵になっている。

母はよく、「色の白いは七難かくすっていうのよ。女の子がこんなに前も後ろもわからないほど真っ黒に日焼けしたら何もかくせない」と、よく考えてみれば失礼千万なことを言った。しかしそんなとき、父はこう言って助け舟を出してくれた。

「おっ、ヨーコは活躍しているね」

私は幾度となくこの舟に救い上げられた記憶がある。そして、雲行きがあやしくなるといつも父の舟に避難した。

当時の男の子たちがよく言った「女のくせに」とか、母が言う「女の子なんだから」というセリフは、ついぞ父の口からは聞いたことがない。その代り女の子だからこれはできなくて良いということもなく、スポーツも勉強も遊びも兄たちと同等に扱われ、女だから、小さいからというハンデをつけてくれることもなかった。足枷もなければガラスの天井もない。自由でのびのびしているのを良しとされたと同時に、手加減もなかったのである。

しかし、母は違った。女の子だからということで家事全般にわたって私だけに手伝わせることが多い。母の論理には、「女の子ならば」こんなことが出来なくては困る、「女の子だから」そんなことはしないほうが良い、というたしなみに関する強固な規範があった。

そのくせ一方では、これからの女性は社会に出て仕事を持つことも大切だ、と意外に進歩的な女性観も持っていた。母が卒業した戦前の京都の田舎の女学校には、教養と理想主義を備えた京都大学出の教師がいた。また、漢方薬の問屋を営んでいた母の父、つまり私の母方の祖父は、中国に薬を買い付けに行ったりして広い世界を見ていた。そのためか、地方の明治の男にしては進歩的な考えの持ち主だったようだ。母に、女学校を出たら京都の街に出て薬剤師の学校にはいらないかとか、タイプを習わないかと勧めていたらしい。

しかし引っ込み思案の母は、女学校の友だちが花嫁修業をして嫁に行くのに自分だけ上の学校に行くのは嫌だ、と断ったと言うのである。このことに内心密かな悔恨を抱え持っていたと思われる母は、私に極めてアンビバレントな要求をした。

商家の育ちである母は、毎朝廊下のふき掃除をしてから学校へ行った。それが女の子のたしなみ、といった具合に厳しくしつけられたという。私は小学生のころ、玄関のたたきをデッキブラシで洗ったり、廊下をワックスで磨いたり、障子の張りかえを手伝わされた。また、母は料理をしながら、こちらが聞いていようがいまいがおかまいなく、それ「野菜の面取り」だの「キュウリの板ずり」だのと私の耳元で調理の基本や手順を念仏のように唱え続けた。私はと言えば、ほとんど上の空で聞き流し、スキあらば逃げ出して外で飛んだり跳ねたりが好きなおてんば娘である。しかし、母がブツブツ唱え続けた料理や家事の基本は多少は耳の底にへばりついていて、今でも大いに役に立つことがある。耳や目や手が覚えた記憶は、時を経てもよみがえる。母が唱え続けた念仏のご利益とも言えよう。おせち料理は毎年同じように作らないと何だかお正月が来た気がしないのは、母の根気強さや信念の賜物だ。もっとも、当時の私は母の小言などほとんど聞いてもいなかった。十代の生意気盛りになると、女だけが手伝うのは不平等だ、と理屈で母に反論する知恵もつけた。

父の融通無碍《ゆうずうむげ》な理想論と母の旧弊な論理のあいだで、女の子の私には事実上、確かに負荷がかかっていたと思う。男性と同等に仕事をしながら家事や育児も女が抱え込む。こうした、いまだにある日本社会の矛盾はすでに子どものころに母が洗礼をほどこしてくれていた。しかし諦めずに乗り越える根気も母にさずけられ、言い負かすための理屈もまた母によって鍛えられていた。

一方、父の自由で奔放な論理は、私が長じてしたたかな現実の壁に直面した折には、いささか理想的すぎて役に立たない恨みを覚えた。「お父さんが言ってたみたいに世の中は面白くてステキなことばかりじゃないし、そう簡単に私を受け入れてはくれないわよ」と私はよく思った。しかし、現実がどうあろうとまげずに進む性分もまた父ゆずりかもしれない。

それにしても、本やインターネットでは得られない、母の口から伝えられた「文化」に、もっと真面目に耳を傾けておけば良かった。今にして惜しいことをしたとも思うのである。

褒め上手の「ええかっこしい」

ところで、「もんだい」の満点を乱発していた父は、人を褒めるのがめっぽう上手だった。

「ほう、いいねぇ」

「そう、それでいいんだ」

「うん、それはステキだね」

これが父の口癖だ。どこの家でもそうであるように、私たち三人の兄妹はそれぞれ気質もやることも好みも異なった。しかし、子どものころ、父にひどく叱られたり、ましてやけなされるということはなかったと思う。何となくそれぞれに褒められ、うまく乗せられていた。母はと言えば、大家族の運営や親戚関係の調整という、いわば家庭における中間管理職の職務から父の短歌関係の事務にいたるまで、一切のシャドウワークを一手に任されていた。父はある意味「いいとこどり」で、関西弁でいう「ええかっこしい」だった。しかし、現実生活において母に全幅の信頼をおいていたのも事実である。

母はまた、家事の合間に新聞をよく読む人であった。そして、どこで仕入れたとも知れない雑多で膨大な情報を持つ雑学の大家だった。長兄は後に出版社に勤め編集者になってからも、「お母さんは生き字引だ。聞けばほとんど答が返ってくる」と言い、父は、「僕よりずっと物知りだ」とよく言った。

父は、吟行や地方の歌会の折に食した土地の美味や珍味の話を好んだが、最後に必ずこう付け加えるのを忘れなかった。

「でも、うちの料理がやっぱり一番美味しい」

母もまた父に褒められうまく乗せられているように見えた。しかし、実はそんなことは端からお見通しでありながら、黙って乗せられたふりをして一生を送ったのが大正生まれの母という人である。

さて、それから半世紀余りたったころのこと。母はとうにいない。父は九十歳の山を越え、体調を崩したり物忘れをするようになった。いよいよ新聞の選歌や短歌指導の講座を整理する必要が生じ、私はいくつかの新聞社や事務局に電話をかけた。ある新聞の歌壇欄担当者にこう伝えたときのことである。

「歳が歳ですし、何かご迷惑があってもいけません。次の世代の方に選歌を譲ったほうが良いのではないでしょうか」

担当者としては、長らく続けてきた高齢の父に本音を言い出しかねているのではないか。こういう際は、家族が気を利かせるのが筋だと思ってのことである。ところが、電話の向こうから意外な言葉が返ってきた。

「いいえ、先生の講評は人気があるんです。褒めてもらうと元気や勇気が湧くと言われます。だからできるだけ続けて欲しいんです」

そのとき、不意に遠い記憶がよみがえってきた。そう言えば、父は昔から「褒め上手」の「ええかっこしい」だった。

家の記憶

生まれて三十年、父とともに過ごした家は、昭和の木造家屋だった。その後建て直して今はないが、古い家は私の中で父の記憶と深く結びついている。この家は父の父、すなわち私の祖父が戦前に土地を買って建てた。

祖父は一八八七年（明治二十）生まれの亥年。京都の田舎から都会に出て、一九二〇年代はじめに米国シンガーミシンに入社した。ちなみに、アメリカで大きなシェアを占めミシンの代名詞となっていたシンガー社が日本に支社を設立し、販売を始めたのは一九〇〇年。庶民のあいだに洋服と洋裁が広まるまでにはまだしばらくの時間を要した。一九三五年までのミシンの世帯普及率は七％だったという（『ミシンと日本の近代――消費者の創出』アンドルー・ゴードン著　二〇一三年　みすず書房より）。子ども七人の大家族を引き連れ、西は四国の宇和島から北は青森までミシンを売って歩き、その後独立して商売を立ち上げた。戦争がなかったらアメリカに渡っていたかもしれないという開拓精神旺盛な男だった。新しいもの好きでハイカラ趣味、進取の気性に富んだベンチャー体質の明治人だ。戦前に小さなミシン会社を興した祖父は、うなぎの寝床のように東西に細長い土地を手に入れ、そこに寝そべるうなぎのような長い家を建てた。

東側の通りに面した一室は会社の事務所で、そのとなりの洋間は社長（祖父）室兼会社の応接室。出窓からシュロの木が見え、丸テーブルにはクロスがかかり、応接セットが置いてあった。夏になると応接セットの椅子とソファには、すそにスカートのようなプリーツのついた白い麻のカバーがかけられた。汚れた足で子どもがよじ登ると、祖父がいやがるといって母によく叱られた。

この家には会社と自宅が同居していた。通りから門を入ってすぐ右が会社の玄関、その先には自宅の玄関、通りの北の端には勝手口やはなれに通じる通用口もあり、商談にやってくる客もいれば近所に住む親戚も、父の短歌関係の人も、当時はまだ「御用聞き」や氷屋さんもそれぞれの出入口からやってきた。人の出入りが絶えない、子どもにとっては「家」というより「街」だった。

古い家の「お勝手」は、私が小学校にはいるころ、改築によって「ダイニング・キッチン」に生まれ変わった。ガラスの飾り棚や広い窓のある明るい部屋にダイニングテーブルと椅子が運びこまれた。二口のガスレンジがあり、ステンレスの流しの前には当時聞きなれないダストシュートなるものが作られた。これは、何のことはない、ふたがついた穴からゴミを捨てると、窓の外にゴミバケツが置かれているだけの、あまりといえばあまりにシンプルな作りで、衛生面からも使い勝手からも、すぐに使われなくなって封印されてしまった。

風邪をひいて寝込んだ私が、少女漫画誌のグラビアで見た「プリン」を食べたいと言うと、普段は肉ジャガやおひたしを作る母が瞬く間に（と私には思えた）、このキッチンから、フライパンで作ったという「焼きプリン」を持ってきた。まさに魔法のキッチンだった。

このダイニング・キッチンの設計に腕をふるったのは母である。二十二歳で遠い京都から嫁に来て、古くて暗いお勝手で大家族の切り盛りをしてきた母は四十代にはいったばかり。はじめて自由にまかされた自分の城である。「モダンリビング」や「主婦の友」をテキストに、建築インテリアの研究に余念がない。出入りの大工さんと相談し、交渉を重ね、「ダイニング・キッチン」の設計デザインに力を注いだ。四半世紀後に建て直すころには、色あせて白茶けた合板の戸棚がベロベロはがれ見る影もなかったが、昭和三十年代に作られたこのキッチンはまぎれもなく母の「作品」であった。

母の奮闘をかたわらで見ていた私は、広い芝生の庭にスプリンクラー、大きな電気冷蔵庫のあるアメリカのドラマのような家を思い描いていた。合理的で明るいアメリカン・ウェイ・オブ・ライフの情報が、テレビや雑誌を通して音を立てて押し寄せてきたころのことである。それからしばらく私の愛読書は「モダンリビング」であり、アメリカの「シアーズ社」の通販カタログだった。祖父の会社がアメリカと貿易をしていた関係で、家にはそんなカタログがあったのだ。そこには、ウソのように明るくぜいたくなアメリカの家庭の大道具小道具がぎっしり詰まっていた。

しかしわが家は私が焦がれた明るいアメリカ風には、見た目も中身もならなかった。私が小学校の低学年のころ、明治生まれの祖父が脳溢血で倒れ、七年間という長い、日本的な在宅介護の時代が訪れたのだ。母屋には小さなキッチンとトイレ付の祖父の病室兼居室が増築され、祖母と母が介護をする。そこへ往診の医者に遠来の見舞客、半身不随の祖父の足をもむマッサージ師など、この家に出入りする人の種類はますます増えていった。私は、この目の見えない「マッサージさん」が日本人なのになぜ青い目をしているのか不思議に思って母にたずねたことがある。終戦直後、「ばくだん」と称するメチルアルコールのはいった安酒が売られ、それを飲んだ多くの人が失明したということだった。

庭のソクラテス

小学生の私が「モダンリビング」や「シアーズ」のカタログを眺めながらあこがれた欧

米風の庭には、もともとわが家の庭はなるはずはなかった。祖父の好みで作られた東西に細長い庭には、石と植木と池と、中門と呼んでいた杉皮葺《すぎかわぶき》の冠木門《かぶきもん》があった。この門は通り側の会社部分と自宅を仕切る意味もあり、普段は太い角材の閂《かんぬき》がかけられていた。池には石橋、筧《かけい》と石灯籠《どうろう》のある和風の庭だった。といっても、庭師が作るような大そうな庭園ではなく、祖父がなじみの石屋や植木屋と相談しながらひとつひとつ配置していった、庶民の精一杯の庭である。

今思えば、細長い分だけ変化に富み、なかなか味のある庭だったと思うが、こんな庭が子どもたちにわかるはずがない。当時、奥のはなれと母屋のあいだに子ども用の砂場と鉄棒があった。ここを中心に、近所の子どもたちが集まっては毎日のように庭中を駆けめぐって缶けり遊びが繰りひろげられていた。時間とエネルギーを持てあましていた子どもたちは、祖父の目を盗んでは中門の脇にあるもちの木や松の木によじ登り、庭石にまたがり、門から続く飛び石を走り抜けた。遊びに来た子どもという子どもが、一度は祖父自慢の池に落ちてぬれねずみになった。度が過ぎると祖父の大きな声が、「コラッ」と響きわたったが、何をしても出入り禁止になるほどのこともなかった。全体としては、子どもたちが元気に遊んでおればよいじゃないか、といったのんきですき間だらけ、自由でおおらかな時間が流れていた。

あるとき、私は理科で習った「挿し木」を、叔父の家からもらってきた淡いピンクのつるバラで試してみた。これが見事に成功し、グングン枝を張って花をつけるようになると、母に頼んでわが家の庭にはどう考えても不似合いなアーチを作ってもらった。しかし、このバラは池と自宅の応接間のあいだで毎年美しいピンクのトンネルとなり、庭に和洋折衷のおもむきを添えることとなった。もっとも、私が挿し木をした後でこまめな手入れを怠らず、見事に育て上げたのは結局、生真面目な母だった。

しかしやがて祖父が脳溢血で倒れるとともに、庭の小さな無法者たちの季節は幕を閉じた。もう、木によじ登ろうが祖父の自慢の石にまたがろうが、大きな声で叱られることは無くなったというのに。挿し木で作ったあの美しいバラのアーチのころには、祖父は寝たきりになっていたのかもしれない。

さて、この庭にはソクラテスがいた。いや、あった。

子どもたちに公園の乗り物のように扱われていた庭石は、やがて父の歌に結実する。父は庭や石を好んで歌った。第八歌集のタイトルは『石は抒情す』であり、歌文集『石百歌』もある。

春三月リトマス苔に雪ふって小鳥のまいた諷刺のいたみ　『球体』
ぐみいろのしだいにはげしい回転が石の内部に育っていった

昭和六十三年ごろ　冠木門の後方が書斎前の庭　撮影：小方悟

あかときの雪の中にて　石 割 れ た

ある庭石にその形の妙から「ソクラテスの首」と名付け、父はことさら愛でていた。しかし、子どもたちは、畏れ多くも「ソクラテスの首」にまでよじ登って遊んでいたのである。

父は庭も石も植木も愛していたが、庭作りそのものに関心を示したとは思えない。自分で石や植木を買うこともなかったし手入れは母にまかせきりだった。祖父はいかにも明治人らしく何でも大きいことが好きで、庭にも家にも自動車にも強い関心があり、所有することが成功だというシンプルな思想の持ち主だった。足が悪かったせいもあるが、会社には運転手さんがいて社用車にフォードを購入し、池には石橋をかけた。借金をしてでも形を整えるのが祖父の流儀だったし、またこうありたいという具体的なイメージを明瞭に持っている実業の人だった。

一方、父は、物を買ったり所有したりすることにほとんど関心が無く、少なくとも車には全く関心を示さなかった。祖父が倒れて実質的に会社経営を継いでからは、どこへ行くのも電車と徒歩で出かけるので、運転手さんは仕事がない。そしてやがて、いなくなった。運転手さんにとっては不幸なことであった。

後年、家を建て直した後も、庭の基本形は残った。亡くなる前の病床で、私が父に家の

庭の写真を見せると、

「お父さん（祖父）が作った僕の庭だ」と、まるで小学生の少年のようなことをつぶやいた。

このとき、つと私の中にふたつの思いがよぎった。ひとつは、こうして人の命はだんだん子どもにもどっていくのだという月並みな、しかし深い感慨。そしてもうひとつは、この人はもしかしたら本当は、ずっと少年のまま生きてきたのかもしれない、という小さな発見だった。

大正生まれ

父母は共に大正一桁の生まれで、戦前に青春期を過ごした。まだ、多少なりとも豊かな文化を享受する時間を持っていた世代だ。父は学生時代にシュールレアリスムやダダイスムの芸術に出会い、モダニズムのシャワーを浴びた。フランス映画もよく見たらしい。ジュリアン・デュビビエ監督の「望郷」でペペ・ル・モコを演じたジャン・ギャバンの味わい深い無骨な風貌がお気に入りだった。ルネ・クレール監督の「巴里の屋根の下」や「巴里祭」のことも楽しそうに話した。戦後の映画ではアメリカ映画「理由なき反抗」や「エデンの東」のジェームズ・ディーンの話をよくしたが、これら一九五〇年代の映画を、父はいつどこで見ていたのだろうか。私は知らない。後に名画座で見た私は、子どものころに何度も話を聞き頭に刷り込まれていたためか、どれも初めて見た気がしなかった。

父はどちらかというと、というより、かなりな度合で音楽よりも視覚芸術に関心が強い人だった。それは絵画であり、彫刻であり、映画であった。上野の美術館にはよく連れて行ってもらったし、一九八二年（昭和五十七）に自宅近くの旧埼玉大学跡地にできた埼玉県立近代美術館は、杖をつく晩年になるまで散歩コースだった。自分の作品にも食卓の話にも、ジャコメッティやモンドリアンやルドンなど、視覚芸術家の名前がよく出てきた。

音楽のほうはといえば、「歌は詠むが、唄は歌わない」ということになっていた。子どもたちが「歌って」と頼むと、いつも、「やーまだのなーかのいっぽんあしのかーかーしー…」と調子っぱずれの音程で歌ってみせ、それを聞いたみんなは、毎度のことながら笑いころげるのだった。それで、「お父さんは唄が下手で『やまだのかかし』しか歌えない」というのが家族の定説になっていたが、本当のところは知らない。

商家の末娘の母のほうは、田舎にいながらもそこそこ文化的な環境にあったようだ。娘時代には海外小説も読んでいたらしく、ロマン・ロラン、ジッド、リルケなどの名前を懐かしそうに口にした。また、哲学者の谷川徹三さんが素敵だと言ったこともあった。商家の娘のくせに、ずいぶんと文弱な趣味である。田舎の街で、クリスチャンでもないのになぜか教会の日曜学校に通い、讃美歌や「ローレライ」などを歌っていた。家事をしながら口ずさむ歌はドイツ歌曲が多かった。もっとも、戦時中に嫁いできたころは、大家族の食料調達のため毎日真っ黒になって畑で芋掘りばかりしていたらしい。

さて、ワンマンな祖父に連れられて、長男の父は八回も小中学校を転校した。田舎から都会の学校に転校した折、成績表にひとつ乙がついた。それを見た祖父が、「今まで息子の成績表に乙なんて字は見たことがない」と学校に怒鳴り込んだという、まことしやかに語り継がれたエピソードがある。こうした笑い話も、「あのジイさんならいかにもありそうだ」と、みんなが納得してしまうような人だった。

祖父はまた叩き上げの明治人らしく、人情家できっぷの良い性格だった。家に出入りする植木屋や石屋などの職人さんにたいそう人気があり、「シャチョーさん、シャチョーさん」と親しまれていた。彼らがよく働いてくれると、昼間からお酒を一本つけて一緒に飲みながら、嬉しそうに話しこんでいた。つまり、人使いの上手なゴッドファーザーなのである。

この愛すべきゴッドファーザーの家、わが家では、お盆と正月に親戚一同が集まった。話に熱中している大人たちを尻目に、集まった同年代の子どもたちは頭から爪先まで興奮して家中を駆けめぐる。親戚の男の子のひとりは、勢い余って雪見《ゆきみ》障子《しょうじ》のガラス戸に太ももまで突っ込み、八針も縫うという惨事までおこった。

祖父の豪快な明治人気質に比べると、大正生まれの父は少年時代のやんちゃな武勇伝は聞くものの、いかにも物静かな学究の徒に見える。祖父と父の嗜好の違いはある意味、明治生まれと大正生まれの違いともいえよう。

防空壕

それでは、戦前にモダニズムの洗礼を受けた父は何に執着したのだろうか。

古い家の庭の奥に祖母が作っていた花壇があった。あるとき、花壇の地面がゆるんで地盤ごと数センチほどズッポリ落ちたことがあった。この下に戦争中は防空壕があったのだという。空襲警報が鳴ると家族で穴の中に逃げ込んだという話を聞いた幼い私は、湿っぽい地下の穴倉の中で泥んこになっている家族の姿を想像して恐ろしくて泣きそうになった。

ところが、亡くなる前に病院で父の口から私には初耳の話を聞いた。戦争中、家の門をはいってすぐ右側に防空壕を掘ったというのだ。祖母に聞いた花壇の下の防空壕と場所がまったく違う。不審に思って何度聞き直しても、小さな声ながらキッパリと、確かに門のすぐ右側だという。

先日、この疑問を父の末弟の叔父にただしてみたところ、奥の花壇の下は人がはいる防空壕、門の近くは父の蔵書専用の壕で、ぐるりの壁に本棚を並べて書庫にしていたのだという。満州から帰国した父は浦和連隊司令部で終戦を迎えた。戦争末期、戦火から蔵書を守るため書庫専用の防空壕を掘って、ひとり黙って本を並べていたのだろうか。

評論家の津野海太郎さんの『百歳までの読書術』（二〇一五年　本の雑誌社）にこんな話がでてくる。中年で全蔵書を根こそぎ第二次世界大戦の戦火で失ったドイツの作家ノサックと、老年になってから東京大空襲で全蔵書を焼きはらわれた永井荷風の話だ。そして、ぺんぺん草も生えない一面焼け野原で少年時代を過ごし、いやというほど本への飢えを味わったのが、七歳で終戦を迎えた津野さんたちの世代だ。どちらも戦争による「本の大量虐殺」を生きのびた世代だ。この二つの世代はいざというときの本への態度が冷ややかでさっぱり捨て去ることができる。「無い」ことをとことん味わったからだというのである。ちょうどそのあいだの世代に当たるのが大正一桁生まれの父である。

満州ではもちろん読書や創作どころではなく、だだっ広い大地と大きなだいだい色の太陽と、タオルがつららみたいに凍る極寒の暮らしをしていた。焼かれる本すらなくさぞ創作に焦がれる気持ちをもてあましていたことと想像される。ようやく本土に帰ってきたら、今度はいつ何時、蔵書どころか家もろとも焼き尽くされるかわからない終戦間際。防空壕に避難させたのは、蔵書に託した自分の中の「何か」だったのかもしれないが、本人の心は誰も知らない。

明治生まれの祖父が実業の世界を生き、家や庭や車を持つことに関心のある、文字通りのマテリアリストであったのに対し、大正生まれのモダニストである父の関心の中心にあったのは、やはり「エスプリ」だったのだろうか。今となってはもう問うすべもない。一九五三年（昭和二十八）に出版した第二歌集のタイトルは『エスプリの花』である。

書斎放浪

父はこの古い家で書斎を持っていなかった。座敷が二間つづく西側の部屋を書斎として使っていた。二階を書斎にしていたこともあるらしいが、それはいつしか子どもたちの勉強部屋になったから父が部屋を譲りわたしたということだろう。西側の部屋には仏壇と、格子のついた窓があり、西日よけに祖母がへちまやひょうたんの蔓をからませていた。夕方になるとななめに差しこむ西日でひょうたん型やへちま型の影が畳に映る、お線香の匂いのする部屋だった。祖父の介護のために部屋が増築された折、さらに西に部屋が作られたから、ここは三間続きの中の間になる。

前後の部屋とはふすま仕切り、南側は雪見障子で廊下と仕切られている。日本家屋らしい開放感にあふれたというか、はっきり言って内省したり創作するにはどう考えても不向きな、往来のような座敷で父は原稿を書いていた。片隅に正方形の座卓をおき、背中にガラス戸のついた書棚、周りに本を積み上げ、書斎コーナーとしていたのである。かぎの字に曲がった廊下や玄関の壁ぎわにはところ狭しと本が積み上げられ、家の者はみな本が崩れないように歩くコツを身につけていた。

書斎にしていた座敷を前の間から次の間へ、家族がノックもせずにふすまをガラリと開けて行き来しようが、祖母が仏壇の鉦をカンカン打ち鳴らそうが、廊下を子どもたちが走ろうが滑ろうが、父は何食わぬ顔で原稿を書き続けていた。父と十五歳離れた末弟である叔父によると、その昔、大学生だった父は小さな弟をまわりで遊ばせ面倒を見ながら勉強をしていたという。どんなにまわりがやかましかろうが意に介せず内省することのできる、独自の集中力を鍛え上げていたといえる。大学の会合に小さな弟を連れて行ったりもしていたらしい。何とも面倒見の良い人なのである。

さて、そんな父が再び独立した自分の書斎を持つようになったのは、齢七十の山も越え、古い家を次兄家族との二世帯住宅に建て直したときだ。一番奥の間に書斎、そのとなりに書庫、書斎の前には、かつて細長い庭を途中で仕切っていた杉皮葺《すぎかわぶき》の冠木門《かぶきもん》を移築して区切った小さな庭を作り、蹲《つくばい》をしつらえた。庭をながめ蹲の水音を聞きながら、ようやく泰然自若たる執筆生活にはいっていったのである。

しかし、その後どういう風向きからか、原稿用紙や資料を持って客間の座卓に移動して仕事をはじめ、やがてダイニングテーブルで原稿を書き、寝室にしていた座敷に資料を持ち込み、と、家中を放浪しつつ原稿を書くようになった。家を出た私が盆暮れや連休に子どもを連れて訪れる度に父の仕事場は場所が移り流転を繰り返し、つまるところ家中を書斎としてしまった。父の身体には、哲学的思索と創作のためにキッパリと閉じられた、ましてやプルーストのようにコルク張りの床と壁で音を遮断した書斎より、まわりに人が行きかい、話し声が聞こえ、電話の音が鳴りひびく、形而下の世界に開かれた書斎が性に合っていたというほかはない。

「近代」のころ

古い家の、父が書斎に使っていた座敷で「近代」の編集会議は開かれていた。一九五三年（昭和二十八）、私の生まれた年に「近代」は創刊された。幼い耳にも「キンダイ」という音は、何かワクワクする楽しいもののように響いた。それは、わが家で行われていた「近代」の編集会議が若々しいエネルギーに満ちた、前衛精神あふれるものだったからかもしれない。父はすでに新しい一歩を大きく踏み出し、作歌活動の壮年期にはいっていた。幼稚園生のころの私は、荻野須美子さん、堀江典子さん、筒井富栄さんという三人の若い女性歌人によく遊んでもらった。三人とも三十代から四十代くらいだったのだろうか。赤い縁のメガネと華やかな笑顔が印象的な荻野さん、色白でハキハキと話すモダンな堀江さん、ボブヘアで芸術少女のような筒井さん。私は父の膝にのって編集会議に「参加」したり、大人のあいだに座って雑誌の発送の作業を手伝わせてもらったりした。みんなに遊んでもらえる「キンダイ」っていいなあと、私は編集会議が楽しみでならなかった。

北浦和にあった荻野さんのお宅は「北浦和文化ホーム」と呼ばれていた。白い漆喰《しっくい》壁とガッチリとした黒い柱のコントラストが美しい立派な洋館だった。玄関には呼び鈴の代わりに大きな銅鑼《どら》がつるしてあり、西洋の別荘のような中二階があった。染色作家でもある荻野さんは中二階のホールでろうけつ染め教室を開き、ほかに絵画やバイオリン教室など、芸術・文化の講習会や教室を主催していた。父たちの歌会が開かれることもあった。邸宅の庭には植木のあいだを縫う小川のような細い水路が巡らされていた。父に連れられて行った荻野さんのお宅の庭で、私は金魚が水路を運動会のように一方向に泳ぐのが面白くて飽かずながめていた。

日本建築学会論文「戦前期の浦和における宅地化の進捗とアトリエ村の形成」（安野彰、渡邊愛、窪田美穂子　日本建築学会大会学術講演梗概集　二〇〇二年）によると、戦前から浦和には「浦和アトリエ村」と言われる地域があった。大正期に、別所沼近辺の風光明媚で富士山が見晴らせる鹿島台を中心に、四十人ほどの画家のアトリエ付き住宅が一角にあった。関東大震災後には被災した都心を離れ、芸大のある上野に電車一本で出られ、環境の整った浦和に越してきた画家も多く、「鎌倉文士に浦和画家」とも言われたという。

私の通った小中学校は旧浦和市（現さいたま市）の鹿島台にあったが、確かに同級生には画家の子どもが何人かいた。浦和在住の画家のひとり、前衛画家の先駆的な存在として知られる瑛九と父は親交があり、歌集『宇宙塵』と『球体』には瑛九のエッチングが表紙カバーに使われている。家の応接間や玄関には、瑛九からもらったという絵が掛かっていた。

終戦直後の日本各地では、文化・教育運動が盛んに起こった。高見順などが教鞭をとり山口瞳やいずみたく、左幸子などが卒業した「自由大学鎌倉アカデミア」や、学問の民主化を旗印に丸山眞男が講義をしたという「庶民大学三島教室」などが知られる。アトリエ村がある浦和の風土の中で、そうした時代精神の延長線上に、芸術・文化の社会教育に貢献した「北浦和文化ホーム」もあったと思われる。クリスチャンだった荻野夫妻は、どのような思想と経緯でこの芸術・文化活動を始められたのか興味深い。調べてみたいと思ったが、今や建物も知る人も無い。まことに残念なことである。

フィールドワーク――浦和田園モダン

「戦前の浦和のアトリエ住宅や芸術家村について調べているから、浦和の街の取材に同行してもらえませんか」

都市研究家でマーケティングアナリストの三浦展さんからそう言われたのは二〇一六年の年明けだった。当時、三浦さんは東京の郊外について書いた雑誌の連載をまとめて『東京田園モダン―大正・昭和の郊外を歩く』（二〇一六年　洋泉社）という本を出版するため、補足取材を進めているところだった。三浦さんとは以前同じ企業グループに勤めていたご縁で、三十年来の知り合いである。マーケティング雑誌の編集長だった三浦さんはその後シンクタンクを経て独立し、旺盛な執筆活動や都市や社会消費に関する提言で活躍されている。細くて長い付き合いだが、私が浦和出身であることを話したことはなかった。三浦さんの口からたまたま「浦和の芸術家村」という言葉が出た折、私が「浦和の出身ですよ」といったことで、急に話はまとまった。

もっとも、私は実家を出てからずっと浦和から離れて住んでいて、実家と自分の家を度々行き来はするものの街に出ることはめったになかった。ましてや母が入院したり、父が病院や老人施設に入所するようになってからは、実家には寄らず病院や施設と東京の自分の家をとんぼ返りしていただけである。街を歩くことのないまま三十年が経っていた。取材に同行してお役に立てるか心配で、浦和在住の古い友人から情報を集め、下調べをして地図でそれらしき住宅跡などに目星をつけて予習をした上で取材に同行した。

三十年は長く、浦和の駅周りにはザ・ガーデン自由が丘や成城石井が進出し、コンシェルジュ付きの蔦屋書店がオープンし、見違えるようなオシャレな駅になっていて驚いた。駅近隣には高層マンションが壁のように立ち並び、私が自転車で走り回っていたころののどかな郊外の街とはとても思えない。

取材当日は、三浦さんと編集者の片岡さんと浦和駅で待ち合わせ、東口側から歩くことにした。裏門通りの画材屋「コバルト画房」の前を通り、県庁を通り過ぎ、卒業した中学校の正門前を通って別所沼まで歩くと、当たり前のことながら街の地形的骨格や構造自体に変わりはなくホッとした。別所沼は私たちが毎年写生大会で訪れ、草むらでコオロギを捕まえ、牧場で牛に草をやり、フナ釣りをした古くからある沼だ。今ではジョギングロードや遊歩道などが作られ、メタセコイヤの木立で美しく整備された都市公園になっていた。

この沼の周りを囲む台地である鹿島台には、関東大震災後に都心から多くの画家が移住して、戦前には芸術家村が形成されていたことはすでに書いた。この街には文化人が多い。父の古い友人の画家、瑛九ほか、子どものころ父の口から浦和在住の画家の名前をよく聞いたし、学校にも思い当たる画家の子どもが何人かいた。

父たちが戦後間もないころに歌壇の戦後派「新歌人集団」をこの浦和で興したのも、この地に近藤芳美さんや大野誠夫さん、常見千香夫さんら若手歌人が住んでいたからである。ちなみに大野誠夫さんはもとは画家志望だった。美術が好きだった父が、生前の瑛九にもらったという絵やエッチング、その他の絵や書を額装してもらっていたのは、先程通りすぎた裏門通りの「コバルト画房」。別所沼湖畔にはまた、岸田劉生ら著名な日本の近代画家たちに愛された「太田美術額縁」が今もある。もともと東京の芝にあったが、戦災を逃れて浦和に移転してきて七十年余りが経つ。さらに、別所沼には詩人の立原道造が一風変わった別荘「ヒヤシンスハウス」を構想した。設計図をもとに、二〇〇四年に実現されているが、机とベッドと棚とトイレだけがある方丈記の庵のようなものである。立原は東京から軽井沢に行く途中などに、敬愛する詩人で浦和在住の神保光太郎を訪ねてよく立ち寄っていたらしい。ちなみに、私の母校の中学校の校歌は神保光太郎作詞である。

別所沼からもう一度駅に向かって坂を上がっていった公園坂上近くに、三浦さんのお目当てのアトリエ住宅があった。洋画家奥瀬英三の住宅である。外から見ても大きな窓から自然光をとるアトリエらしき部屋が見え、その部分のみは現在も残してあるようだった。奥瀬英三は、親戚の中国文学者である藤堂明保をたよって浦和にやってきて隣接地にアトリエ住宅を建てたそうだ。藤堂邸の門構えは私が子どものころと全く変わらぬまま残っていた。

さらに市役所の脇を通ると、そこには浦和中学校と浦和練兵隊跡地の標識があった。父が戦前に教鞭をとり、終戦を迎えた地である。旧中山道にあるうらわ美術館に立ち寄り、満寿家の鰻重でランチ。浦和は鰻の街として知られる。旧中山道沿いの北浦和に近いあたりには、かつて児童文学者の石井桃子さんの実家の商家があった。石井桃子さんは私の小中学校の先輩にあたる。桃子さんの幼少期の自伝『幼ものがたり』(二〇〇二年　福音館書店)の最後には、関東大震災に遭い、東京から中山道沿いにぞろぞろとひきもきらずに歩き続ける被災者の姿が描かれている。震災と戦災から逃れて浦和に住み着いた人々が、この街独特の風土を作り上げていったことが垣間見える。また、浦和にはやはり児童文学者で、石井桃子さんとも一時活動を共にした瀬田貞二さんも住んでいた。

三浦さんによると、俗説ではあるが、「勝ち組」の薩長が明治政府の中心で政治・経済を操るのに対して、「負け組」で肩身の狭い旧幕府側の末裔は文化・芸術に向かったという説があるそうだ。天下泰平の徳川時代だからこそ豊かな文化を享受した旧幕府側は当然、文化・芸術の愛好者であり、愛好し続けることで武骨な薩長に反抗したという説である。旧幕府側にはまた、クリスチャンになるものも多かったという。浦和にどれだけの旧幕臣がいたのかクリスチャンがいたのか、定かではない。しかし、麗和幼稚園、みどり幼稚園、双葉幼稚園などキリスト教系の幼稚園は多く、私の友人にもこれらの幼稚園出身者やクリスチャンの家庭の子が何人も思い当たる。父の古い歌人仲間であった荻野須美子さんはご夫婦でクリスチャンであったし、学校の近くには浦和キリスト教会があり、私は幼いころ、実家近くの小さな教会の日曜学校に遊びに行っていた。調べてみると面白そうである。

ランチの後はガードをくぐって浦和駅西口側の探訪に移り、本太氷川神社に向かった。石井桃子さんの『ノンちゃん雲に乗る』（一九五一年　光文社）の最初の場面で登場する神社のモデルだと言われている。その後、本太四丁目の通称「長屋門通り」にはいると、その大きさといい構えといい、見るからに立派な豪農か庄屋のものと思われる長屋門の家が並ぶ。かつて一面農地であったころの家がそのまま保存されているのである。西口側は私の実家からも学校からも反対側で大分距離があり、訪れるのは初めてだった。こんな形で保存されていること自体がこの街の文化的な姿勢を感じさせる。さらに歩いて、駅からはバスでくるあたりになると、本太五丁目の瑛九のアトリエがあったブロックに出た。生垣でぐるりと囲まれた中は見えなかったが、裏門らしき入り口には「瑛九」という表札と現在の住人の表札が並んでいる。どういう関係なのかわからないが、時が断ち切られていないことは確かなようであった。おそらくこの小さな裏門を通って、父も瑛九のアトリエを訪れていたと思われる。この辺りにはマンションが立ち並ぶこともなく、落ち着いた生垣に囲まれ門構えも瀟洒な昭和の住宅地がそのまま残っている。子どものころ友だちと遊んだり自転車を乗り回した昭和の街並みを彷彿とさせた。

洋服の思い出I

ある日、幼稚園の卒園式用にと母が私の洋服を買ってきた。シックなグレーのしっかりしたフラノ地で、襟から前立てまで濃いチャコールグレーで縁取られたテーラードスーツだった。わが家は、子どもに高価な洋服を買い与えるような余裕もなければ、そうした教育方針でもなかった。しかし母は、子どもたちにはいつも「これは良いものなのよ」と言っていた。このときも母はそう言ったが、私はピンクやきれいなパステルカラーのワンピースで、できれば白いレースの襟などのついている洋服を想像していたので、このスーツを見たときは心の底からガッカリした。もしかしたら少しグズったのかもしれない。

それを知ってか父はこのテーラードスーツを一目見るなり、これはシックだ、オシャレだ、ステキだと手放しで褒めちぎった。母と共同戦線をはってきたわけである。私はそのうち、半信半疑のままに父と母に丸めこまれてしまった。同じスーツを小学校の入学式でも着たから、このスーツを着た写真は何枚もあり、しばらく私はこの洋服に対して複雑な気持ちを抱いていた。しかし、その後よそ行きの一張羅《いっちょうら》として活躍したこの服は、友だちのお母さんからも親戚や近所のおばさんたちからも、あらステキね、オシャレね、と声をかけられた。叔母にいたっては、小さくなって着られなくなったら私より四つ年下のいとこに回して欲しい、と「おさがり」の予約をするほどだった。そして、やがてなんだか私は自分でも本当にオシャレな気持ちになってきたのである。

このとき両親が私をなだめるために共同戦線をはっていると思ったのは私の思い込みで、実はもともと父は私を「蝶や花」タイプに育てたかったわけではなかったように思う。それが証拠に、布団の中の「つくりものがたり」はいつも、かわいそうでか弱く美しいお姫様の話ではなく勇ましい冒険譚ばかりだったではないか。そして、こんなスーツを買ってきた母のほうも意外と「蝶や花」タイプには関心がなかったのかもしれない。それとも、生まれるときに男の子のように飛び出してきた私を見て、両親はそういう方針に決めたのだろうか。

しかし今になって考えてみると、小さな女の子がシックな色調のカッチリ仕立てられたテーラードスーツなど着ているのは、確かにちょっとカッコいい。

洋服の思い出Ⅱ

家から西に向かって五分も歩くとダラダラの下り坂になり、下りきったあたりは、昭和三十年ごろは一面畑や田んぼのある低地が広がっていた。今ではそのあたりは造成されて家がたくさん立ち並び、埼京線が走り、すっかり住宅地になっている。家から数えて何本か北側の筋の坂を下る途中にはどんぐり山という小高い丘があり、子どもたちが缶けりやかくれんぼをする格好の基地だった。どんぐり山でかくれんぼをして小さなほら穴にかくれているあいだに、オニに見つけてもらえなくてみんな帰ってしまいひとり取り残される。私は小さいころ、こんな恐ろしい想像をよくしていた。この空想は、大きい子たちからいつもみそっかす扱いされていたそのころの私の立ち位置をよく表している。どんぐり山から坂を下って低地をしばらく行った先には、首つり山という気味の悪い名前の山があり、名前が怖かったのと子どもの足で行くには遠かったのであまり遊びに行った記憶がない。

この低地には三本の川が流れていて、手前から順番に一番川、二番川、三番川と呼ばれていた。一番から順にだんだん水がきれいになっていくと言われていたのは、三番川が農業用水で、一番川は排水だったのだろうか。この一番きたない一番川はもちろん護岸工事などされていようはずもなく、岸辺の草むらからすぐに汚れた水が見えた。男の子たちはここでよくザリガニ釣りをしていたが、危ないから気をつけるようにと大人からうるさく注意されていた。

家のおとなりには、学年では私の一年上になるが生まれ月は一ヶ月しか変わらない、トンちゃんというお友だちがいた。ボーイフレンドである。幼稚園に入るまで私たちはよくふたりで遊んだ。小さなふたりは門や玄関を通らずに竹で碁盤に組まれた垣根のすき間をくぐり抜け、ショートカットで互いの家に遊びに行った。トンちゃんの家には当時めずらしい水洗ベンジョというものがあった。私の人生史上はじめての水洗ベンジョ体験はこの家だった。

ふたりが三歳のとある日のことである。私たちは手をつないで一番川まで遊びに出かけた。三歳児の足で歩けばなかなかの距離の大冒険である。坂道を歩いて下って一番川にたどり着くと、どういうはずみか私が河岸の草むらで足を滑らせ、ドボンと川にはまってしまった。その後の経緯は、気が動転した私の記憶にはなく、何度も聞かされて真実とされている話だが、次のような成り行きだった。

トンちゃんはお友だちのヨーコちゃんが川に落ちてしまったのでビックリして、これは大変何とかしなくちゃ、と大人を呼びに、たった今降りてきた坂道をトコトコと登っていった。トンちゃんの名誉のために言っておくが、決してガールフレンドを見捨てたわけではなく、助けたい一心でこういう行動に出たのである。一方、川に落ちた私はドブドロの川の中でバシャバシャと溺れかけていたところ、河岸の家のおばさんが気がついて助け上げてくれた。泣きわめいてシャクリ上げ何を言っているのかわけのわからない私の手をひき、おばさんは何とか家の場所を突き止めて送り届けてくれた。

ドブドロになって泣きじゃくる私を引き取った母は、お風呂場でドブに浸かった洋服を脱がせ身体を洗った。この騒動で家にいた大人たちは代わる代わるお風呂場をのぞきに来て、「どうしたの」「ワー大変だったね」「助けてもらってホントによかったねぇ」と口々に言いながらも、最後には一様にクスクスと笑って「でも、クサイね」と鼻をつまんだ。兄たちは口をそろえて、「ワッ、ヨーコ、クッセー」と言った。笑われたくやしさとなさけなさで、このあたりから私の記憶は鮮明になってくる。何しろこのとき着ていた私のお気に入りのエンジ色のうわっぱりは、何度洗ってもドブの臭いがとれず、結局二度と使い物にならなかった、と母に聞かされたからである。クサくて苦い洋服の思い出である。

はなれ

このものがたりの主人公は、舞台となっている家の主人であるモダニスト歌人だ。そのため芸術家や文化人の名前や横文字がやたらと出てきて、ややもすると幾分ハイカルチャーな家庭の印象を持たれる方もいるかもしれない。しかし、この家は小さなミシン会社を営んでいたのであり、昭和三十年代半ばまでは、奥のはなれでは東北から集団就職でやってきた工員さんたちや、祖父を頼って働きにきた関西の遠い親戚の若者たちが暮らしていた。はなれからはラジオの流行歌や工員さんたちが歌う歌謡曲やギターの音が聞こえてくるという、大衆的な文化も共存している家だった。

はなれは細長い敷地の奥の突き当たりに横に四部屋連なる建物だ。向かって右側の二部屋は祖父と祖母が暮らしている座敷だった。最初にテレビがはいったのはこの座敷である。左側の二部屋は若い工員さんたちが暮らす寮になっていた。ここには祖父たちの部屋とは別の玄関と台所があり、工員さんたちの賄《まかな》いはこの台所で作られていた。横並びの四部屋の手前には別に一部屋六畳、もしかしたら四畳半の部屋があった。ここでは叔父のひとりが結婚してしばらく新婚生活を送っていた。この叔父が自分の家を建てて出て行くと、今度は私の一番年上のいとこである伯母の長女が結婚してしばらく新婚生活を送った。この若夫婦も、そのうち自分の家を持つようになって出て行った。

「奥にひと部屋空いとるから、まあ、しばらく住んでおればええじゃろ」

こうした話は、祖父のひと声で決まったに違いなかった。祖父は親族と言わず知り合いと言わず、誰彼となく面倒をよくみるゴッドファーザーだったのだ。わが家の人の出入りがどんどん増えていくのは、当然の成り行きだった。

工員さんたちの賄いをしていたのは、家の家事の手伝いもしてくれていたセッちゃんというお手伝いさんだった。私はよくセッちゃんの自転車の後ろに乗って買い物に連れて行ってもらった。ある日の夕方、セッちゃんは自転車を乾物屋《かんぶつや》さんの前にとめて買い物をしていた。すると、何かの拍子に自転車がバランスをくずし、店先の卵の上に倒れて大騒動になった。しかも、こともあろうにそのとき自転車の後ろには私がチョコンと座ったままだったのだ。つまり、自転車もろとも私は卵の山の上に突っ伏してしまったのだった。当然のことながら卵は今のようにパックに入っているわけではなく、むき出しで店先に積み上げられていたから、私はナマ卵の海に落ちたも同然である。

しかし、この話はドブ川に落ちた話のように家の中で語り継がれることはなかった。そのため私の記憶も今ひとつあいまいで、コトの顚末がどのようなものであったのか正確にはわからない。それは、若いセッちゃんの失敗を話題にするのはかわいそうだという、家の者の暗黙の心遣いだったのかもしれない。それにしても、ドブ川に落ちたり卵の海に突っ伏したり、私の幼年時代は散々なものである。セッちゃんはやがて工員さんのひとりと恋に落ちて結婚し、家を出て行った。はなれの工員さんたちのあいだでは、実はセッちゃんをめぐる「恋のさや当て」があったらしい。そこに私がわけもわからず一枚嚙んでいたのだが、その話は脱線がすぎるのでやめておこう。

私が小学校の低学年のころに祖父が脳溢血で倒れ、母屋に増築された病室兼居室に祖父母は移った。同時に、五分ほど離れた工場の敷地内に工員寮が建てられて工員さんたちが引っ越していくとはなれは空き家になり、やがて物置きと化す。それまでのあいだ、はなれはこの家の大衆文化の発信源だった。またこのとき、事務所も工場内に建てられたので、家と同居していた事務所も越していき、物置きと化した。したがって事務員さんたちも通ってこなくなった。そして、家は一挙に家族だけの建物となった。

その結果、この家は物置きが人の住む空間に対してやたらと大きなスペースを占めることとなった。客観的に見て、私たちは物置きと物置きにはさまれて暮らしているような状況になったのである。

こうして昭和三十年代半ばまでのあいだ、出身も年齢も出自も感性もまちまちな人たちがごった煮のようになってこの家の空気をつくりあげていた、と思っていただければ間違いない。そんな中で、父はモダニズム短歌を詠んでいたのである。

少年たちと少女たち

長兄は、昭和三十年代ごろの男の子たちの半分くらいがそうだったように野球少年だった。現在は埼玉県立近代美術館のある北浦和公園には当時、埼玉大学の広いグラウンドがあった。わが家からは五分もかからないこのグラウンドや当時あちこちにあった原っぱで、長兄たちは草野球に熱中し、私はときどき自転車の後ろに乗せられ連れていかれた。兄は母に頼まれ、イヤイヤながら邪魔者のチビを連れて行ったに違いない。仲間に入れてもらえるわけでもなくグラウンドの端でひとり遊びをしなければならない私にとっても、あまり楽しい思い出とは言えない。なぜならいつも、遊び相手にもならないチビの妹を自転車に乗せている兄が友達にからかわれているのを知っていたからだ。そのころの小学生の男の子たちは、「女なんか」は相手にしないのが「男の美学」と心得ているようなところがあった。

昔の子は大概にしてこんな風に小さい妹や弟の面倒を見るのが当たり前だった。夏休みのプールで耳を痛めた小学校一年生の私を、自転車に乗せて耳鼻科に連れていったのも小

昭和三十一年ごろ　左から長兄、筆者、次兄（応接室にて父撮影）

学校五年生の長兄だった。診察室に入るとおじいさんの耳のお医者さんが兄にこう言っていたのを、ハッキリと覚えている。

「今度から初診のときは子どもが子どもを連れてくるんじゃなくて、親が連れてくるようにって、お母さんに言っといてね」

長兄は小学校の担任の理科の先生の影響らしく、夏休みの宿題に蝶の標本を作るために採集に行ったり、先生の助手としてクラスの友だちと一緒に化石掘りに行ったりする、いわばアウトドア派の少年だった。一方、次兄はどちらかというとインドア派で、模型を作ったりレゴブロックで遊ぶことが多かったように思う。私は近所にあった「もけいや」という名前の店に次兄に連れられていったことがある。人ひとりがようやく通れるような小さな店の壁一面に模型の部品がギッシリと並んでいて、何やら秘密基地の匂いがした。また、次兄はホッケーゲームというボードゲームをクリスマスか誕生日に買ってもらって遊んでいた。この兄はまたマンガが好きな少年だった。次兄の読むマンガ雑誌は「少年マガジン」で、『ちかいの魔球』というちばてつやの野球マンガの連載を私も読んでいた。私が読んでいたのは「なかよし」という少女マンガの雑誌だった。近所の友だちの家に遊びに行くと「りぼん」を読んだ。それらの雑誌は、近所にあった文房具屋と本屋を兼ねたような店の人が届けてくれていた。当時は一般に、書店が宅配してくれる「雑誌をとる」という習慣があった。貸本屋も近所にあり、やはり次兄が行くのについていったことがあるが、私は利用するほどの年齢ではなかった。「少女フレンド」や「マーガレット」が創刊され、この二大少女漫画週刊誌が女子たちの世界に旋風を巻き起こすのはこの後間もなくである。今度は私は「マーガレット」を読み、近所の友だちの家にいっては、「少女フレンド」と交換した。水野英子のロマンティックコメディー『すてきなコーラ』を何度も読み返し、歴史大河マンガ『白いトロイカ』や、わたなべまさこや西谷祥子の世界観に熱中した時期である。『すてきなコーラ』がオードリー・ヘップバーンの「麗しのサブリナ」の翻案であることを知ったのは、ずっと後になってからだった。

おうち作り

私が兄のレゴブロックで飽きることなく作り続けたのは、今で言えば「シルバニア・ファミリー」のようなドールハウスだった。レゴの箱のふたになっている緑色のボードのまわりを低い塀でめぐらし、ボードの上に白いブロックをレンガのように組み合わせた壁をたて、赤い屋根をのせる。中のリビングには、やはりレゴで作った応接セットを置いた。窓は大きく庭は広い。つまりはテレビで見ていたアメリカのホームドラマに出てくるおうちを作っていた。友だちが遊びにくると、一緒にレゴの家を作ってままごと遊びをした。このころのレゴは今のように人形や木や車のパーツは無く、白と青と赤の小さなブロックだけだったから、家具も人も木も自動車も長四角の直方体を組み合わせて作った。

ある年の私の夏休みの自由研究は、発泡スチロールで作った、またしても緑の芝生の庭に白い壁と赤い屋根のおうちだった。このころの小学生の女の子たちは、まるで感染症に侵されたかのようにステレオタイプのアメリカのドラマのおうちを夢見ていた。一九七三年に大ヒットしたシンガーソングライターの小坂明子が作った「あなた」という歌の歌詞はこんな風にはじまる。

「もしも私が家を建てたなら、小さな家を建てたでしょう」

そしてこう続く。その家には、大きな窓と小さなドア、部屋には暖炉があり、庭には赤いバラと白いパンジーと小犬がいる。その小さな家で私はレースを編んでいる。調べてみたら小坂明子は私の四歳下。ほぼ同じ少女時代を過ごして同じ感染症にかかったクチである。

それから三十年ほど後のこと。平成生まれの私の娘が小学生になったころ、新聞のオリコミ広告にはいってくる建売住宅やマンションの間取り図をていねいにファイリングし始めた。そしてひまさえあれば、こんな家に住みたいあんな家がステキだと楽しそうにながめている。「おうち」に関心があって研究しているのだそうだ。将来の夢は「建築家」だという。してみると、形は違えども「おうち作り」というのは、ある年頃の女子特有のはやり病のようなものなのだろうか。

ロングトレイル

アウトドア派であった長兄は、その後中学生のときに山登りに目覚め、大学にはいると歩いて日本海沿岸をたどる野宿の旅をしたかと思うと、今度は政治学科のくせに文化人類学に関心を持ち始めた。そして、父にこう持ちかけたのである。大学を一年休学して仲間三人でニューギニアに行き、現地の人と生活がしたい。そのころ、朝日新聞に載っていた本多勝一さんの連載コラム「ニューギニア高地人」に触発されたらしかった。

学者でも新聞記者でもない、大学や新聞社や研究機関の後ろ盾もない一介の学生が未開の地で現地人と暮らす。こんな無謀な話は、祖父や祖母、親戚をはじめ、まわりにいたありとあらゆる大人たちが鼻で笑って全く相手にしないか、もしくは猛反対をした。病気になったり、変な物を食べておなかを壊したり、崖から落ちて行方不明になったって誰も助けてくれない。猛獣に襲われるかもしれないし、現地の人にだって「おきてに背いた」とか言って殺されるかもしれないのである。しかし長兄は引き下がらなかった。父に計画書を提出し、一年間かけてアルバイトをして資金も貯め、仲間と研究会を開き、その道の専門家の指導を仰ぎ、渡航やそのほか外務省などの手続きをクリアする、といった話だったらしい。この無謀な冒険を父は許可した。詳しいいきさつはそのころの私には聞かされなかったが、とにかく兄は父を味方につけるのに成功したのである。母は、父が良しと言うことに反対はしない。ただ、後に母は、祖母から何度もこう言って厳しくとがめられたという。

「大事な息子をそんなわけもわからんところに行かせる親がどこの世界におるもんじゃね。どうして反対せいへんかったんや」

　母をいくらとがめたからといって、話は元にもどりはしない。

　そんなこんなで、結局、長兄は学生時代の冒険を皮切りに、大学を卒業して勤めた出版社を十年程で辞め、やがてアメリカの自然保護活動家ジョン・ミューアに魅せられて『森の聖者　自然保護の父ジョン・ミューア』（山と渓谷社　一九九五年）という本を書き、アメリカのロングトレイルを歩くバックパッカーというか冒険家というかナチュラリストというかネイチャーライターというか、要するに自然や自然保護に関する物書きとなっていった。

　ちなみに、ロングトレイルというのは長距離自然歩道のことで、高い山に登ることを目指したり登頂の速さを競ったりするのではなく、自然の植生や歴史や文化を深く理解し、人が自然に寄り添い自然と一体となりながらゆっくり長く歩くことである。兄は後にアメリカの三大ロングトレイルのひとつ、アパラチアン・トレイルも踏破してその記録『メインの森をめざして――アパラチアン・トレイル3500キロを歩く』(平凡社　二〇一一年)を残した。こうして自然や自然保護について本を書いたり講演したりするうち、兄は日本にロングトレイルを作る活動に着手した。兄のやってきたことの道筋や詳しい経緯は長い話になるし、私自身近くにいたわけでもないのでここでは割愛する。しかし、こうしたどういう肩書で呼んでよいかわからない、それこそ「で、どうやって食べてるの?」という生き方を選び、自分の歩く道を腕一本で、というか足二本で求め、見つけ出していった長兄の選んだ人生を、父は終生支持した。

こうしてみると、帰ることのできる母港を持つ船はどんな遠くまでも航海できる、というのは本当だ。長兄は決して生まれながらに豪胆な性格であったわけではなく、むしろ幼いころは「気が優しくて怖がり」、典型的な「総領の甚六」タイプと言われた子どもだった。しかしその底に流れていたのは、祖父の行動力や進取の気性であったのかもしれないし、そういう生き方を許した父の中にも流れていたであろう、自由へのあくなき希求がそうさせたのかもしれなかった。父の歌にこんな一首がある。

日はのぼり日はまた沈むいつのときもわれに凜たり心の一樹　『ルドンのまなこ』

長兄は、父が亡くなった後まもなく、本人にとっても家族にとっても全く想像だにしなかった難病を発症し、三年余りであっけなくこの世を去った。六十三歳だった。人工呼吸器をつければもう少し生きられたが本人がそれを拒否し、運命を受け入れて自然のままに死んでいった。日本にロングトレイルを作る活動で共に尽力した仲間たちや林野庁、自治体の方たちの力添えで、兄が望んだ樹木葬が行われ、遺骨は兄がその開設に深く関わった信越トレイル近くのブナの木の根元に埋められ墓標が立てられた。

父が亡くなった折に、父の残した色紙を私たち子どもはそれぞれが選び、遺品としてもらってきた。そのとき、まだ元気だった長兄が選んだもののひとつに、こんな一首がある。

こせつかずおおらかで且つ堂々と自然体やよし単純やよし　『樹下逍遙』

この色紙は、最後に兄の棺に納めた。

Ⅱ

庭石「ソクラテスの首」

ななもさん

ある日、家によく顔を出すようになった歌を詠むという若い女の人と、駅まで一緒になった。

「ヨーコちゃんは、いつも先生の話が聞けていいなあ」

この人がつぶやいた。目が大きくてロングヘアの足の長いお姉さんだった。毎日食卓で父の冗談やダジャレやプロ野球の選手の話を聞いていた私は、その言葉にちょっと不思議な気持ちがした。このお姉さんについては、そのころ高校生か大学生だった長兄も、「目が大きい、足が長い、オシャレだ」と、気になっていたようだった。ちなみにわが家の家系は両親とも京都は丹波の出身で純血種ジャパニーズの関西系、一重まぶたのたれ目だから、目が大きいというのは最上級の褒め言葉である。

この人が歌人の沖ななもさんだった。私は「オキナナモ」という音の響きがとてもステキだと思った。母は「ななもさん」、ときには「ななもちゃん」とまるで娘のひとりのようにひらがなで聞こえる呼び方をしていた。父は作品のことを話すときには「オキナナモ」とフルネームで、普段は「ナナモさん」といずれも私にはカタカナで呼んでいるように聞こえた。そのころ母の言葉はいつもひらがなに聞こえ、父の言葉はカタカナ言葉が多いように思っていた。考えてみれば食卓で冗談やダジャレの合間に挟まれるエスプリだのアヴァンギャルドだのアブストラクトなどというカタカナ言葉は、子どもの私にとっては日常会話の合間にはさまれるBGMのようなものだが、ななもさんにとっては冗談やダジャレがBGMだったはずだ。

その後、ななもさんとは家でときどきお会いするほかには、何かをご一緒する機会はしばらくなかった。そもそも私のほうがだんだん大人に近づくにつれ、家にいる時間も少なくなれば関心も外へ外へと向いていったので、それは当たり前のことだった。

それからしばらくして、宮城県の気仙沼湾の入り口に浮かぶ大島に父の歌碑ができた。どういう成り行きからか学生だった私が除幕をすることになり、父について気仙沼に行った。このときはななもさんともご一緒し、大島の亀山からロープウェイで眼下に拡がる太平洋の絶景を眺めたり、早朝の魚市場でダイナミックな水揚げを見学したり、修学旅行のようで楽しかった。

ところが、それから四十年近くを経た二〇一一年三月十一日、東日本大震災で気仙沼が壊滅状態になった。海に流れた油に火がつき湾が火の海になったという。既に前年に父は亡くなっていたが、私はあの歌碑はどうなったのだろうかとずっと気になっていた。二年後に気仙沼を訪れ、私は久しぶりに歌碑と対面してきた。よもやの大震災に見舞われながら、台座に多少のひびが見えたものの、苔むして無事な歌碑の姿がそこにあった。

さて、父の告別式で弔辞を読んでくださったのは、ななもさんだった。ななもさんはそのとき、木へんに王と書く「枉《ま》げる」という漢字を教わった話をした。この字は、道理をゆがめたり、自分の主義主張を無理に変えたり、気持ちを抑えこむことを意味する。父はこれをいつも、「枉げない」と、否定形の使い方をしたという。人の評価や時の趨勢にまどわされることなく、思うところを貫いて「枉げない」ことを説いたというのである。その話は、私が折に触れて何度も聞いてきた話や見てきた人と地層の深いところで確かにつながり、その姿がピッタリと重なった。

オーノセーフさん

食卓でよく聞いた父のカタカナことばの中に、オーノセーフという音があった。やがて、それは人の名前であることがわかった。この人には私と同じ年で名前もよく似ているヨーちゃんという息子がいた。ヨーちゃんは、何度かお父さんのオーノセーフさんに連れられて家にやって来た。父親同士が何か話しこんでいるあいだ、私たちは庭で遊んだ。

このオーノセーフさんとは、歌人の大野誠夫さんのことである。大野誠夫さんと父は、終戦直後の一九四六年（昭和二十一）、歌誌「鶏苑」を創刊した歌人仲間だった。そして、ヨーちゃんは大野誠夫さんのご子息の曜吉さんだ。父は本来の読み方である大野誠夫《のぶお》と読まず、必ず音読みで「オーノセーフ」と、私の耳にはカタカナで聞こえる呼び方をした。

その後、ヨーちゃんと私は偶然にも浦和にある同じ幼稚園に入園し、中学卒業まで同じ学校で過ごす同窓生となった。つまり、オーノセーフさんは私にとって「大野くんのお父さん」になったのだった。それからというもの、スラリとした長身、面長で、太宰治を思わせるアンニュイな雰囲気をただよわせるハンサムな「大野くんのお父さん」を参観日や運動会などでよく見かけるようになった。当時の普通のお父さんといえば、髪は七三分け、ねずみ色や紺色の背広に白いワイシャツ、ネクタイ姿が多い中にあって、「大野くんのお父さん」の長い前髪をなびかせた少し猫背の風体、物腰や話ぶりは明らかに違った。何か芸術の香りとでもいうべきオーラがあり、私たち小学生に強い印象を残した。

大野くんのお父さんであるこのおじさんは不思議な人だった。こんなエピソードがある。お父さんが息子のヨーちゃんの親友の平本くんを息子からとって、自分の親友にしてしまったという話だ。これは、平本くんから聞いた本当の話である。

最初、おじさんは平本くんのお父さんの仕事がとても忙しくて遊んでもらえないのはか

昭和二十四年　右から大野誠夫、父、福戸国人、山田あき、五島美代子、近藤芳美、五島茂（第一回歌人懇話会　日本出版協会にて）

わいそうだと言って、大野くんと一緒に遊びに連れていっていた。そのうち、毎年夏休みになると軽井沢や、茨城のおじさんの生まれ故郷に近いあたりに旅行にも行くようになった。

ある年の夏のことである。旅先でおじさんは、急に汽車を見に行こうと言い出した。ふたりを連れて線路ぎわの柵を乗り越えたおじさんは、線路にはいりこむとレールに片耳をくっつけてじっと息をこらして何かを聞いている。

「ねえ、おこられちゃうよ。だいじょうぶ?」

と怖がる子どもたちに、おじさんは言った。

「ほら、ふたりともこうやって耳をつけてごらん。遠くから汽車の音が聞こえるよ。やってごらん」

「汽車がきちゃったらどうするの? あぶないよ」

「だいじょうぶさ。近くまできたら音でわかる。そうしたら、逃げちゃえばいいのさ」

言われるままにふたりがレールに耳をあててみると、かすかな振動とともに、本当にゴトーンゴトーンと遠い汽車の音がレールを伝って聞こえてきた。音がだんだん大きくなって、汽車が近づいてきたことがわかるとおじさんは、大声で、

「そらっ、逃げろ」

とふたりの手を引いて線路からスタコラサッサと逃げ出した。

また、こんなこともあった。旅行に行った先の宿でトランプの賭け事を教えてくれたのだ。一緒に遊んでいるうちに、おじさん自身がすっかり熱くなって、子どもたちを勝たせるどころか自分が子どもたちから賭け金であるマッチ棒を巻き上げてしまった。そんな風に遊んでいるうちに、平本くんはすっかりおじさんに気に入られ、大野くんがいなくても、家に上がりこみ、おじさんと遊んだ。息子の親友というより自分の親友にしてしまったのだ。

それから何年もたったころ、大人になった平本くんは、あるとき仕事で熱海の近くまで行った。ふと思い立っておじさんを訪ねてみることにした。そのころ、おじさんはすでに浦和を離れて熱海に住んでいた。年賀状の住所を頼りにおじさんの家を訪ねると、突然訪ねて来た「旧友」にビックリしたおじさんは大いに喜び、歓待してくれた。ちなみに、このころ、おじさんの息子である大野くんは仙台に住んでいた。

大野くんのお父さんはこんな形で小学生の私たちの生活に風を巻き起こしていった。それは『風の又三郎』か、あるいは大人だからさしずめ『風博士』のような人だった。風が吹くと、学校や家庭で営まれていた子どもたちの生活にかぶせられている膜がペラリとまくれて、もうひとつの世界が垣間見えるような気がした。

古今東西の文芸や映画にはいくつかの「おじさんもの」がある。映画化もされた北杜夫さんの『ぼくのおじさん』（新潮文庫　一九八一年）、宗教学者の中沢新一さんの『僕の叔

父さん　網野善彦』（集英社新書　二〇〇四年）。山田洋次監督の「男はつらいよ」の寅さんやフランス映画のジャック・タチ監督のシュールなコメディ「ぼくの伯父さん」も「おじさんもの」である。彼らはいずれも、先生でも親でも兄弟でもない、次元の異なる場所にいて違う世界観を体現している、なんだかわけのわからない大人だ。自由で強制力のない「おじさん」みたいな存在は、子どもにとって実に魅力的なのである。

「面白い！」Ⅰ　「おもろい」精神編

大野誠夫さんが小学生の私たちに強い印象を残した一方で、ご子息のヨーちゃんのほうは、小学校低学年のころ私の父に大きなインパクトを与えた。工作の授業の粘土細工で、ほかの子どもたちが動物や乗り物などを作っている中、ひとり丸い粘土の「お金」を作ったのである。この作品を父親参観日に発見した父は、大喜びで帰ってきてこう言った。

「オーノヨーキチくんは面白い！」

それからというもの、父の中にヨーちゃんは「面白い子」として深く刻みこまれ、大野くんの名前が上がる度にこの粘土のお金の話をした。何しろ「面白い」は父の中で、「優秀だ」や「上手だ」よりはるかに上位の価値なのである。

生まれも育ちも京都で京都大学出身の哲学者である鷲田清一さんの『京都の平熱――哲学者の都市案内』（講談社学術文庫　二〇一三年）に、「けったいなもん」「おもろいもん」を好む京都人のこんな話が出てくる。

「頭がいい」でも「できる」でもなく、「おもろい」。これが京都大学の桑原武夫教授の最上級の褒め言葉だった。「頭がいい」や「できる」は、いま流通している基準の中で測られた評価でしかないが、従来の通説やそれらが依拠している基盤そのものを揺るがす徴候を見てとったとき、桑原教授は「おもろい」と言ったという。

父は幼少期に祖父に連れられ京都の田舎から出てからは、全国各地を八校も転校した。しかしその血の中には京都人の「おもろい」精神が確かに流れていたと思われる。私が子どものころに父から何度も聞いた斎藤茂吉の話は、ほかでもないあの「うなぎの話」だった。うなぎが大好物の斎藤茂吉は、あるとき同席した隣の人のうなぎが自分のうなぎより大きく見えた。茂吉はたまらなくなって、自分のうなぎと交換してほしいと申し出た。交換したうなぎを見た茂吉は、やっぱりもとの自分のうなぎが大きく見え、結局さきほど交換してもらったうなぎをまた返してもらった。この有名な「うなぎの話」は父の最もお気に入りの茂吉エピソードで、身振り手振りを交え愉快でたまらないという様子で話した。

また、父にはもうひとりお気に入りの人物がいた。数学者の岡潔博士だ。好きな理由はいろいろあったはずだが、私の記憶に残っているエピソードは「ジャンプする写真」の話だ。父はどこかに載っていたという、岡潔が両足をそろえて膝をまげピョンっと飛びあって宙に浮いている瞬間の写真の話をしながら、何度も「岡潔は面白い！」と言って実に楽しそうにカラカラと笑った。父はこうしたけったいで面白い人が大好きだったのだ。

こうした独自の価値基準から、父は私の同級生の中にもうひとり「面白い子」を見つけた。私の通っていた小学校では、毎年近くの別所沼公園で写生大会があった。子どもたちは思い思いに沼のほとりの美術館や水に浮かぶ弁天島を題材に選んで写生した。それらの作品は教室のうしろの壁にはり出され、金賞や銀賞がつけられた。

この写生大会で、同じクラスの酒井テッちゃんという男の子が別所沼の「水」を描いたのである。画用紙全面に「水」が描かれている。そこにはボートも浮かんでいなければ魚も泳いでいない。光を描いた印象派さながらの表情のある「水」そのものが題材だ。今にして思えば、知識としては印象派を知っていたのかもしれないが、その思想や手法を深く感得していたとも思えない小学生が描く絵としてはえらく大人びている。子どもたちのあいだではこの一風変わった絵について、「さすがテッちゃんらしいよね」という程度の好意的な感想がささやかれただけだったと思う。しかしこの絵を見て大喜びで帰ってきたのは、父である。「サカイテツローくんはスゴイ、発想が自由だ、面白い！」と、手放しで絶賛した。

ちなみに、大野くんと酒井くんは子どものころからそろって成績も優秀だったが、父の中ではまず第一に、最高に「面白い」子として記憶にきざみこまれることとなった。

「面白い！」Ⅱ　吹雪の北海道編

父と一緒に旅をしたのは覚えている限り三回。小学生のときの家族旅行が一回、「ななもさん」で書いた気仙沼の除幕式が二回目、そしてもう一回は冬の北海道旅行である。

ある年の二月、「個性」札幌支部で大会があるついでに父が流氷を見に行くという。当時学生だった私は、めったに見られないオホーツク海の流氷見たさに、父についていくことにした。飛行機で女満別空港から流氷が見られるという紋別へ。北海道在住の「個性」会員Kさんに案内をしていただいた。海沿いの濤沸湖《とうふつこ》でシベリアから飛来してきたオオハクチョウの美しい羽ばたきを見た。それから、オホーツク海を流れつき結氷《けっぴょう》していく氷の白と灰色の壮麗な光景を目の前に、海辺のホテルに一泊。翌日は網走刑務所を見てから、場末のひなびた小料理屋に昼食に立ち寄った。そこで偶然店の包丁を研ぎにやって来た包丁研ぎ師に出会い、寡黙な職人の技に魅せられた。その後、予定では女満別空港から飛行機で札幌に戻ることになっていた。

ところがこの日、予想外の突然の猛吹雪が北海道を襲った。飛行機は欠航となり、札幌へは汽車で北海道を縦断して戻るほかないという。案内のKさんは自然の猛威の責任を一身に引き受け、何十遍も「申し訳ない」と繰り返した。そして、この次は是非もっと良い季節に北海道の美しさを満喫してほしいと悔しがった。父は、流氷を見たいと言い出したのは自分だし天候の急変も想定内のこと、むしろ北海道らしくて面白いじゃないか、と笑ってしきりになぐさめた。Kさんの奔走で難なく汽車の切符も手にはいり、いよいよ札幌に向けて出発した。

しかしそれからが、まさに想定外だった。汽車は少し走っては止まり、ようやくノロノロと走り出したかと思うとまた止まりと、何時間走っても札幌に近づく気配がない。やがて夜は更け、窓の外は漆黒の闇に横なぐりの吹雪以外何も見えない。車内は疲労の色が濃くなり重苦しい空気につつまれた。真夜中にどこかの駅に停車したかと思うとそこは人っ子ひとりいない名も知れない駅、次に止まったのはどこかとホームに降り立ってみると、ようやく旭川、といった調子で時間だけが過ぎていった。

ところが、不機嫌な顔でうとうとする乗客や、何度も車掌さんに状況を確かめ気をもむKさんを尻目に、父はまるで小学生のように窓にかじりついている。札幌では翌日の歌会が控えているが夜汽車の中でジタバタしたところでらちがあくわけでもない。「いやぁ、これはすごいねぇ。見てごらん、面白いよ」と、父はむしろ楽しげだ。こうして結局、大雪にうずもれた札幌の街にたどり着いたのは、夜が白んできた明け方のことだった。

オホーツク海の流氷もオオハクチョウの羽ばたきも素晴らしく、網走の小料理屋で出会った包丁研ぎ師も印象深かった。しかし私には何より、猛吹雪の北海道を縦断する夜汽車の体験が面白く、それにも増して、そこで子どものようにはしゃいでいる「けったい」な老人の姿が最も面白い思い出となったのである。

「面白い！」Ⅲ　老境編

父は脳梗塞を何度か患っているが、その度に奇跡的に復活しては講座や講演をこなしてまわりを驚かせた。母が存命中は医者の指示に従った食事療法が効果をあげたが、本人の意志と努力も生半可ではなかったと思う。朝といわず晩といわず自分で血圧を測って細かな記録をとり、その結果を見せながら、通院の度に医者を質問攻めにしていたらしい。本人の弁によるとこんなに熱心に記録をとる患者は初めてだ、と「褒められた」という。しかし私は内心、自分の血圧データを微細に調べ上げて詳しい解説を求めてくるけったいなジイサンに、実のところ医者も辟易していたに違いないと思っている。

九十歳を超えてから入院したときには、さすがにもう完治は無いだろうと覚悟していた。ところが見舞いに行ったとき、筆談でこう書いてニヤリと笑ったのには、正直言ってたまげたものである。

「これから自分の身体がどうなっていくのか観察する。楽しみだ」

母を亡くしたときの父は八十三歳。それまでキッチンに立つことなどほとんどなかったが、しばらくすると自分の朝食の味噌汁くらいは作るようになった。その後、キッチンの使い方や料理作法に自分なりの法則を見出したとみえた。そのころの私は、仕事の忙しさと子育てのピークが重なり、出来得る限り家事を合理化して一分でも時間をひねり出したいと考えていた。父は私の横に立って野菜はこう切ってこの手順で、と事細かにアドバイスするまでになっていた。あるときなど「豆腐の切り方は、味噌汁の場合は小さめの立方体、すまし汁は大きめの薄い正四角柱だ。お母さんはそうしてた」と言った。芸が細かい。

こうして父は長い生涯を通して、あらゆるものを「面白がる」ことを、やめることはなかったのである。

「まんにょう」と「まんよう」

小学校のころ仲良しだった友だちの小口さんは、中学に上がるとき引っ越していった。小口さんは本をたくさん読む子で、よく本を貸してもらったりすすめられて読んだりした。小学校五年生のときの学芸会では、ふたりで「アンナの灯台」という物語を芝居用に脚色することになった。互いの家に泊まりこみで原稿用紙を埋めていく作業は、小学生にとってはちょっと大人っぽく、創作活動にかかわっているような興奮を覚える楽しい時間だった。

先日、長いあいだ音信の途絶えていた小口さんと実におよそ半世紀ぶりに再会した。私たちは子どものころのことやその後のことを休むことなく五時間もしゃべり続け、話は尽きることがなかった。

そのとき彼女は、私のうちに遊びに来たときに、母が万葉集のことを「まんにょう」と言ったのが不思議で印象に残ったと言った。言われてみればうちでは父が「まんにょう」と言い、当然のように母も「まんにょう」と言った。子ども心にニョロニョロとした変な音だと思った覚えはあるが、アウトドア派だった私はさして気にもとめず、ごく無自覚に家では「まんにょう」、学校の授業では「まんよう」と読むのだと聞き流していた。

一方、本好きだった小口さんはこの疑問を後に解いて、折口信夫は「まんにょう」と読むことを知ったという。國學院系と慶應系は折口の影響で「まんにょう」と読み慣わしているのだそうである。「まんにょう」という音が子どものころの耳に鮮やかに残ったという彼女は、聞けば大学で国文学を専攻していた。師事した池田彌三郎教授は折口信夫の直弟子で、やはり「まんにょう」と読んだそうだ。

私のほうはと言えば、子どものころから聞きかじっていたカタカナの芸術用語が耳の奥に降り積もり、大学では海外文学や海外文化を学んだ。どうやら私の耳には「まんにょう」は足跡を残さなかった。こうしてみると、子どもの耳は聞きたいことだけが聞こえる、実に都合の良い集音装置なのである。

後に私は家を出るとき、父の本棚から一冊の本を選んで記念にもらってきた。『カンヂンスキーの藝術論』（小原國芳譯　イデア書院）。一九二四年（大正十三）十一月発行の初版本で定價六圓とある。訳者は、ほとんど準備の出来上がった原稿を関東大震災で焼失してしまったため、再度まとめ直して発行が遅れたことをことわっている。この本は、発行された年に九歳だった父が新刊で買ったわけではもちろんない。「萬字屋書店・大阪」と「東湖堂書店・東京」という古書店のラベルが二枚はってあるから、おそらく東京に流れてきた折に購入したと想像できる。色刷りを含む多数の絵が挿入されていて今や稀覯本に属するだろう。本の随所には明らかに父のものと思われる赤鉛筆の線や○印が見られ、興味深い。こんな本を家を出る娘に持たせる親も、考えてみればけったいである。

さて、私は何故か父の言葉からモダニズムやアヴァンギャルドばかりを聞きかじってい る子どもだったが、実は父は『万葉集』が好きである。晩年にいたるまで鎌倉や川越などあちらこちらで「万葉講座」を持ち、楽しみに出かけて行った。その際もやはり「鎌倉まんにょうに行ってくる」などと言っていた。思い起こせば、「まんにょうの素直でおおらかなうたいぶりがいい」とよく話していた。もしかしたら私が子どものころは「モダニズムの父」であったが、私が外へ外へと関心も生活も向かっていくあいだに、父は万葉の古代へと、歩いていたのかもしれない。父の歌は、歳を経るにつれだんだんとゆったりおおらかに流れる時間を歌うようになっていったのではないだろうか。

次の三首は、いずれも「時間」を歌っている。

にび色の秘密色の丘の象形文字原始たそがれ永遠未来　『宇宙塵』
永遠は三角耳をふるわせて光にのって走りつづける　『球体』
山もとのかすむあたりの遠じろの由良川うねる神の世のごと
（歌集未収録　京都府綾部市・第二歌碑　一九八四年建立）

順に四十代はじめ、五十代、六十代おわりごろの作品である。

「オカタイ」人

「オカタイ」という言葉を初めて耳にしたのは羽田空港だった。

「加藤さんはオカタイから、ご一緒なら安心だわ」

父と一緒にアメリカに行くというHさんの奥さんが、口に片手を添え母の耳元でこう言ってオホホと笑った。

父が初めてアメリカ・カナダへ出張旅行に行ったのは一九六二年（昭和三十七）二月、私が小学校二年生のときである。通産省の人やリッカーミシン、蛇の目ミシンの人たちと一緒の業界の出張だった。一ドル三百六十円時代、小田実が一日一ドルの貧乏世界旅行記『何でも見てやろう』を書いたころのこと。家にあったこの本を、私は『ドリトル先生航海記』みたいな冒険物語のように読んだ。海外渡航は子どもにとってはもちろん、大人にもまだ大事件で、家族、親戚そろってよそ行きの洋服や着物を着て羽田空港に見送りに行った。

Hさんの奥さんの話をかたわらで聞いていた私は、母にこっそりたずねた。

「オカタイってなぁに」

「真面目だってこと」

渡航が決まると、必要なものを買いそろえにデパートの海外旅行用品売り場に行った。売り場の人は、アメリカではジェントルマンは中折れ帽子をかぶる、ホテルではガウンやスリッパが必要、日本の旅館のようにゆかたはないからパジャマが必要、と教えてくれた。中には、「アメリカでは革靴がキュッキュと鳴るのがマナー」という珍情報もあり、私はアメリカの街という街で、中折れ帽のジェントルマンがキュッキュと靴を鳴らして歩いている姿を想像した。

ニューオーリンズの空港で撮ったという写真は、日本人がそろって中折れ帽に暗い色の「ジェントルマン」スタイルなのに対し、右端のアメリカ人の、無帽で明るいブレザー、足を組んだくだけた姿勢が印象的だ。インターネットもテレビの海外リポートもない時代に情報は乏しく、アメリカはまだ途方もなく遠かった。

ニューヨークだかシカゴだかの写真館で撮ったという、体を少し斜めにして片手の指先を親指だけ出して上着のポケットにいれたビジネスマン風の父の額縁に入った写真があった。このセピア色の写真は祖父と祖母の部屋の違い棚に長いこと飾ってあった。私には額縁の中の気取ったポーズの人は、普段見ている父とはどうにも違う人のように見えた。

旅の先々からは、家族や子どもひとりひとりに宛てたきれいな絵はがきがエアメールで届いた。小学校二年生の私に宛てた一枚はこんな文面だった。

「カナダのモントリオールというところへきて、今日（二月二十一日）トロントというまちへむかってヒコーキにのったところです。どのまちも色が大へんきれいです。白い雪におおわれた赤や緑《みどり》やむらさき、かば色の家がたちならんでいるけしきはゆめのようです。ちょうどこの花ばたけのようにいろとりどりです。あすはナイヤガラの滝（タキ）をみに行きます」（原文ママ）

絵はがきは美しい花時計の写真だった。

帰国した父は家族や親戚を集め、撮ってきた写真のスライド上映会を開催し、エンパイアステートビルや自由の女神や、帰りに寄ったハワイの写真を見せながら解説をした。

「アメリカじゃ水はワラだよ。レストランで〝プリーズ、ウォーター〟って言ってもちっとも伝わらないから隣の人の水を指さしたら、〝オゥ、ワラ！〟っていうんだ。アメリカじゃ水はワラだね」

「〝ヘイ、ミスタキャトー、ミスタキャトー〟って呼ぶから誰のことかと思って見回したら僕のことだったよ。アメリカ人はカトウと発音できないんだね」

「ケガしたら薬屋にいって、〝指を切ったからバンソーコが欲しい〟って、ジェスチャーしながら日本語で言えばいいんだよ。（こう言いながらいかにも痛そうに右手の人さし指で左

ニューオーリンズの空港にて、中央が父　昭和三十七年

手の指を切るしぐさをしてみせ)、日本語がわかるんだね、アメリカ人は」

父のアメリカの話はおおむねこんな調子でたいてい最後にオチがあり、「満州のタオルは凍る」話に似ていた。聞きながら小学生の私は思ったものである。

「このどこがいったい〝オカタイ〟んだろう」

作家の村上春樹さんが心理学者の河合隼雄さんについて、こんなことを言っている(『職業としての小説家』二〇一五年　スイッチ・パブリッシング)。

河合先生は、「河合隼雄」という生身の人間と、「河合先生」という社会的役割を持つ人間とを分離し、使い分けていた。「河合先生」になるときは「心理療法家」というコスチュームを付けていて、それを脱ぐことはなかった。先生は人の話を聞き、観察するとき、底知れない暗い眼をする。ところが一転、食事をするときなどには、快活にゆるいダジャレを連発した。先生は臨床家として毎日クライアントと向き合い、魂の暗い奥底まで一緒に降りていく。そういう所の「負の気配」を、できるだけくだらない、ナンセンスなダジャレを口にすることで振り払っているのではないか。

小学生の私が、父の中に「魂の暗い奥底に降りていく」眼を見ることは、もちろんなかった。しかし、冗談の向こう側には、冗談でバランスをとっていたもうひとりの、創作に関わる抽象的な世界に降りていく父がいたのかもしれないと、大人になった私は思う。

私が知っている父は家で見ている冗談好きなオトーサンであり、ほかの場所でどんな顔をしているのか知らない。外では違う顔があり、それぞれ役割ごとに別のコスチュームをつけ、冗談でモードを変換していたのかもしれないのである。

「表《ひょう》」を作る

羽田空港で聞いた「オカタイ」人という人物評はともかくとして、父はある意味、堅実な実務の人であった。

なにしろ父は「表」を作るのが好きだった。いや、習慣だったというべきだろう。何かにつけて手書きの表を作り、進行状況をチェックする。到来物があるとすぐさま備忘用のノートに内容と送り主を記録し、もれなく、どんなふうに美味しかったかと感想を添えてお礼状を書いてチェック欄にレ印を入れる。実に筆まめ、律儀な仁義の人だった。老いて朝晩の血圧の記録表を作成するに至るまで、ずっと自分で手書きの表を作ってはチェックを入れていた。

私自身、子どものころに父から表作りの手ほどきを受けている。横長事務用箋に定規で線を引いた小学校の夏休み計画表、方眼紙を横長に張り合わせて作った気温の折れ線グラフ、中学校の定期テスト前の計画表の作り方も、最初は父に教えてもらった。

しかしながら、父は単なる実直な「表マニア」ではない。

朝、布団の中で新聞を読み、毎日、中小企業の経営者として出勤する。会議に出席し、ときには業界の何やらの座長などを務める。夜帰ってきて夕食を終えると執筆の仕事に没頭する。決まった時間に布団にはいり、枕元には必ずメモ用紙と鉛筆を置き、ときおり何かを書きつける。判で押したような毎日。そして、休日は歌会や編集会議、短歌講座と、自分の時間のほとんどを短歌の仕事につぎこんでいた。

家では新聞を四紙とっていた。朝日新聞、毎日新聞、埼玉新聞、日経新聞。このうち日経新聞は会社の仕事のために必要だったのだろうが、そのほかに三紙とっていたのは父が歌壇欄の選歌を担当していたためだと思われる。古い家の大谷石の塀に作りつけられていた新聞受けから毎朝、新聞を取ってきて枕元に届けるのは子どものころの私の仕事だった。新聞はそれぞれ見出しの様子やデザインが違い、内容もいろんな書き方をするものなのだ、と子どもなりに思っていた。大人になって家を出て新聞一紙だけをとる生活になったときには、何か不安定なモノの上に立っているようなバランスの悪さを感じた。今でも人の話や情報はたくさんの中のワン・ノブ・ゼムに違いないと思えるのは、このころ刷り込まれた感覚かもしれない。父は布団にあおむけに寝たまま、頭の上に両腕を広げて新聞を開き、四紙を順番に読んでいくのが習慣だった。「キューバ危機」などのニュースは、父が布団から、「おっ、大変だ」と説明してくれた。社会や世界情勢に材を取った歌は、こんな中から生まれたのだろうか。

核弾頭五万個秘めて藍色の天空に浮くわれらが地球　　『ルドンのまなこ』

ルーティン

大リーグのイチロー選手は、毎日同じ食事を同じ量だけとり、自分で決めたトレーニングを毎日同じようにこなし、試合に出るとき、踏み出す足まで同じ側に決めている。ラグビーの五郎丸歩選手がキックするときに必ずとる独特のポーズは、「ルーティン」という言葉で注目された。父が朝起きて新聞を読んでから夜寝るまで、欠かすことなく繰り返し同じペースでこなしていた日常はこの「ルーティン」にほかならない。原稿の締切り、新聞社から送られてくる歌壇欄の投稿ハガキの選歌の締切り、講座の講評の締切り、昼間はおそらく会議から業界の付き合いまで、さまざまなスケジュールや締切りに追われていたと想像される。しかし、私の記憶のどの引き出しをひっくり返して探してみても、父が締切りに追われて焦ったり怒ったりしている姿を見つけることができない。胸の内はもちろん知る由もないが、父は毎日判で押したように同じ順番、同じ姿勢、同じ顔で仕事をこなし、原稿を書いた。書き終わった原稿は必ず母に音読して聞かせた。文章はリズムだと言った。声に出して読みにくい文章はダメだといった。そして読み上げては、何度でも直しを入れた。

父は毎日の「ルーティン」を決して崩さず、「表」にチェックを入れることでふたつの異なる生活を自分の中で仕分けし、冗談や笑いでバランスをとっていたのではないか。

亡くなった日の翌日、葬儀の打ち合わせや弔問客の出入りであわただしい家の門の前を、腰の曲がったひとりのお婆さんが通りかかった。

「シャチョーさん、亡くなったんですか」

そう言うとお婆さんは手を合わせ、小さなからだの曲がった腰をさらに深く折り曲げて、長いこと頭を下げた。

「むかーし工場でパートしてたんですよ。シャチョーさん、よく工場に来てみんなに声かけて、顔あわせるといつもあいさつして下さいました」

しばらくしてまた、同じお婆さんが帰りしなに立ち止まり、もう一度からだを二つ折りにして手を合わせて行った。

電話番

高校生のころ、友人に言われた。

「あなたの家に電話するといつもお父さんが出るのね」

何を言われているのかわからず戸惑った。それも一度ならず、二度、三度と別の友人から同様のことを言われると、オヤ、これはよそとは異なるわが家流なのか、と思えてくる。そう思って注意して観察してみると、確かに友人たちの家では母親か子どもが最初に電話に出ることが多いということがわかった。

当時のダイヤル式黒電話が置いてあったのは、父が原稿を書いている部屋の隣だった。母の定位置であるキッチンや二階の子ども部屋より電話に近く、しかも父への電話が多いので、いきおい父が電話をとることになる。理屈の上では筋が通っているではないか。しかしそういう問題ではないのだ。つまり、世間一般の家では、仕事から帰ってきてくつろいでいる家長たる父親は、いきなり電話になど出ないものらしかった。

まずは家族が出る。

「もしもし○○です。どちら様ですか。少々お待ちください」

しかるのちに父親に取りつぎ、おもむろに家長登場、というのが段取りらしい。ところがわが家では、電話がリーンと鳴れば、父は執筆の手を止めて小まめに立ち上がり、

「もしもーし。はい、どちら様ですか」

と、何の頓着もない。子どもへの電話であれば、

「おーい、○○さんから電話だよー」

と、取りついでくれる。言ってみれば電話番までしてくれる、何ともフットワークのよろしいオトーサンなのである。

父は七十歳まで書斎という名の部屋を持たなかった。本人はこのことに何の不満もないどころか、むしろ閉じられた書斎ではなく開かれた仕事場が好みであったらしいことは前に書いた。父の中ではこうした、わやわやゴチャゴチャした暮らしの茶飯と原稿執筆という営みが同一平面に並んでいるように見えた。

同様にして人についても分けへだてがない。網走の小料理屋で見かけた包丁研ぎ師も、ケネディ大統領も、工場のパートさんも、通産省のお役人も、新聞の歌壇に投稿する在野の歌詠みも、斎藤茂吉も、父の中では同じ地平に存在するのであり、ヒエラルキーというものがない。なにしろ、父の感性にとって「面白い」ことが最も重要な基準なのだから。

チャスラフスカ

一九六四年の東京オリンピックを見ながら父が「ステキだ」といったのは、チェコスロバキアの体操選手チャスラフスカだった。

一方、私の心をとらえたのは父が「ステキだ」と言ったチャスラフスカの体操でも、日本中が大騒ぎした東洋の魔女のバレーボールでもなく、水泳競技だった。水泳は陸上と並んでアメリカが並外れて強かった。どの種目でもアメリカが金メダルをさらい、プールには連日アメリカの国歌が鳴り響いた。そのため、ピアノの上手な友だちの小口さんと私は、昼休みに音楽室に行ってはアメリカの国歌をピアノで演奏して遊んでいたほどだ。

水泳選手の中でも、何より小学校五年生の私をとらえたのは、イェール大学の学生だという金髪の十八歳、ドン・ショランダーだった。水の芸術と言われた美しいフォームのクロールで金メダルを四つも獲得した彼は、こぼれんばかりの真っ白な歯で笑顔を振りまいていった。この文武両道の青年に私の脳はすっかりやられてしまったのである。中学校では水泳部にはいり専門種目にクロールを選んだのは言うまでもない。それからもうひとつ、私の心をとらえたのは欧米の女性スイマーたちだった。背泳で銀メダルをとったのは、十六歳のフランスの美少女スイマー、キャロン選手だった。ファッション雑誌から出てきたように可愛らしく、金のネックレスやブレスレッドを付けていた。そうかと思えば、オーストラリアのドーン・フレイザーは三十歳に近いというママさん選手だった。彼女は出産をはさんでオリンピックで三度目の金メダルを手に入れた。

当時の日本の選手たちが自由とか楽しさとかオシャレとかをシャットアウトして日の丸に青春をささげているように見えたのに対し、欧米の、特に女性選手たちは自由もオシャレも結婚も出産も、もちろんそれらを選ばないことも、自分の望むものは何一つあきらめることなく軽やかにメダルを獲得しているように見えた。フレイザー女史に至っては、皇居の五輪旗を取ろうとポールによじ登っているところを警官にとがめられお堀に飛び込んだという、マンガのような豪快な武勇伝まで残していった。これら欧米の選手たちの、何かを捨てたりあきらめたりすることなく自分で選んだ自由でのびやかな生き方に、私は圧倒的な魅力を感じた。

ところで、父が「ステキだ」と言った体操のチャスラフスカ選手は、四年後の一九六八年、チェコスロバキアの民主化運動「プラハの春」の支持を表明して「二千語宣言」に署名した。そのため、ソ連軍のプラハ侵攻により身を隠さざるを得ない状況に追い込まれた。同年のメキシコオリンピックはプラハ侵攻の直後だった。チャスラフスカはオリンピック本番の演技では抗議の意を示すため濃紺のレオタードで競技を行った。ソ連選手と金メダルのダブル受賞となった表彰台では、ソ連の国歌が流れるあいだソ連の国旗から目を背けることで抗議を示した。その後もチャスラフスカは「二千語宣言」への署名撤回を拒否し続けたため、国家から収入も名誉もはく奪され、掃除婦をしながら子どもを育てなければならなかった。しかし、彼女は決してその意志を「枉げる」ことはなかった。チャスラフスカが名誉を回復するには、一九八九年のビロード革命で共産党体制が崩壊するまで、実に二十年という歳月を要した。名誉回復後の彼女は、チェコの国民やスポーツ、外交活動に惜しみない力を注いだ。父が好んだ、「枉げずに」意志を貫きとおすチャスラフスカの姿は確かに、「ステキ」すぎて胸が痛い。

しかし、この「ステキ」な話は出来すぎである。

なぜなら「プラハの春」は東京オリンピックの四年後の出来事だ。父が東京オリンピックでチャスラフスカを「ステキだ」と言ったときは、単に彼女の美しさとエレガントな演技を指していたはずである。

Ⅲ

昭和三十三年ごろの正月（正面に立つ筆者の
左に母、父、右二人目祖母、四人目祖父）

わが家の夕めし

老夫婦の夕餉《ゆうげ》の写真である。中央から時計回りで湯豆腐に菜の花のからし和え、しその葉とクレソンの上には牛のたたき、漬物、骨せんべい、そして鯛《たい》の塩焼き。父の手には朱塗りのぐい呑み、カメラを前に緊張気味の母の前にも揃《そろ》いの朱塗り。

これは確か、「アサヒグラフ」誌の「わが家の夕めし」という企画の写真だったと思う。好みの料理が並び、大の好物である鯛の尾頭《おかしら》付きを目の前にいかにもご満悦の父。その場の空気や湯気までもが見えるようだ。

祖父の代から、いやもしかしたらもっと前からわが家は酒飲みの家系で、晩酌を欠かしたことがない。したがって夕食はいつも酒の肴《さかな》のオンパレード。野菜の煮もの、煮びたしや和え物に魚の煮つけ、野菜・しいたけ・ひじきなどのはいったおからの炒り煮、風呂吹き大根、ナマコの酢の物。関西系の味付けで大人の口に合う料理ばかりが少量多種類に並ぶのが常だった。

中でも父は、鯛が何と言っても一番好きだった。きれいにさっくりと身を分け、骨のあいだまで少しの食べ残しもなく洗ったようにたいらげた。最高に美味しいのはもちろん目のまわりの肉だと言った。氷下魚《こまい》は自分で金づちでたたいて身をほぐした。根菜類はクワイのように嚙むとサクッと割れるもの、ねっちり感のある八つ頭、ウドやゴボウのシャキッ、コリッとした嚙みごたえが好みだった。また、かまぼこは小田原より富山のものが美味しいといった。もっちりと身がしまっていて歯ごたえが良いというのだ。概してわが家では、出身地に近い日本海の食材が格別に美味しいものとされていた。

飲むときはぐい呑みで、志野や萩、薩摩焼、切子の冷酒用などからその日の気分で選んでいたが、塗りのぐい呑みが特に気に入りで、口あたりが優しく酒の味が違うといった。昔の冬は徳利《とっくり》をやかんにいれて燗《かん》にした。首をつまんで温度のころ合いをはかる。いつのころからか火に直接かけられる燗酒用の酒器を使うようになり、忙しく燗の温度を確かめる母を、父は「まぁいいから座って飲め」と座らせるようになった。あれは祖父も祖母も亡くなってからのことだったろうか。

ところで、この写真は私の目にはカメラを意識した気取った食卓に見える。第一、尾頭付きの鯛などよほどのお祝いごとでもない限り「わが家の夕めし」の食卓にはのぼらない。写真に撮られるのだからと、母が奮発して見ばえの良い大きめの鯛を特別に調達したに違いない、とツッコミを入れたくなる。もっと雑多なおつまみの小皿や小鉢が所せましと並んでいるのが、わが家の普段の食卓である。少しずつ箸でつまみながらちびりちびり

平成十年ごろ（わが家の夕めし「アサヒグラフ」）

と酒を飲み、適当なところでご飯に漬物。少量の果物をいただき、最後にお茶で締めるのが夕食の作法であった。

関西文化圏の日本海びいき

父の家族は祖父が京都の日本海に近い田舎から出て日本中を渡り歩いた後に関東に住みついたが、親戚縁者全員がほぼ同じ関西の出である。そこへ嫁に来た母も同じ関西の出。関東に住みながらも、味覚や調理、生活全般にわたって家の中には関西圏の文化が根を張っていた。祖母は人生の三分の二くらいは関東で暮らしたはずなのに、亡くなるまで関西弁で話した。

私が小さいころ、母方の祖母がまだ生きていたあいだは、丹波の筍や栗や松茸を自家製の赤じその梅干と一緒に木箱で送ってきた。これは丹波の香をそのまま箱詰めにしたようなごちそうで、大喜びで親戚に配って歩いたものである。筍、松茸は新鮮なうちにそのままあぶったり、煮つけたり、吸い物にする。子どもたちは柔らかい筍の皮に大きな赤い梅干をくるんで、皮からしみ出る赤くてしょっぱい味をおばあちゃんの味だといってなめた。お正月の黒豆は何と言っても丹波の黒豆でなければならない。母の実家では舞鶴で水揚げされたばかりの新鮮な寒ブリのお雑煮だったのに、関東では美味しい寒ブリが手にはいらなくてダメだとぼやいていた。スイカでさえ、関西のスイカは甘くて美味しいということになっていた。味覚は保守的である。テレビやネットを通じてよその家の食事が目からも耳からもはいり、気軽に外食する今とはわけが違う。家の中には関西の、しかも日本海びいきの味覚がどこから侵略されることもなく生き残り、長期政権を保っていたのであった。

ビールには栓抜き

聞くところによると母の実家は全くの下戸《げこ》の家系で、母は嫁に来るまで酒の肴というものを良くは知らなかったらしい。父が語ったエピソードにこんな話があった。

ある夏の日のこと。何かのついでがあってか、父がひとりで京都の綾部にある母の実家に立ち寄りごちそうになった。先方の家では、「克巳さんはお酒を飲む人である」ことを知っていたので、気を利かせてビールを買って食卓にそえた。やがて、その家の主である母の兄一家と歓談しながらにぎやかな食事とあいなった。ところが、いつまで待っても一向に栓抜きが出て来ない。先方では遠来の客人を精一杯もてなそうとばかりに、ごちそうはどんどん出てくる。父は目の前のビールが飲みたくてたまらない。と言ってまわりが誰も飲まないのに、客の自分が早く飲みたいというわけにもいかない。どのようにして栓抜きに気付いてもらおうかと思案したが、ついに我慢しきれなくなり意を決した父は、言った。

「ビールにはやはり、栓抜きが必要ですね」

はっと気づいた義姉が、

「これはこれは、気ぃの利かんことで、えらいすんまへんでしたなぁ」

と、あわてて栓抜きをもってきて、ようやく父はビールにありつくことができた。

父の得意のアッケラカンとした笑い話であるが、私は大人になってこの話を思い出すにつけ、のど元にちょっと小骨がふれるような気がする。この話のつまるところは、母は嫁に来る前にはほとんど晩酌というものを知らなかったということである。母の父も家族も、まったく酒を飲まないか飲めない人たちであった。ところが婚家は舅をはじめ男兄弟の多い家族の全員が酒飲みで、夕食と晩酌は切っても切り離せない。戦争中のことで暢気な晩酌を楽しんでいたとは思えないが、おかずがすなわち酒の肴に等しい家である。食事の作法も文化も異なる若い嫁は、いったいどのようにして酒の肴ばかりの献立を考え、料理したのだろうか。

　嫁が婚家の文化に染まるのはあたりまえの時代。もちろん料理は姑に教えてもらったわけだが、私の観察によるとそれだけとはとても思えないレパートリーを開発していた。テレビの料理番組があるわけでなし、田舎から出てきた若い母が料理雑誌をすぐ手に入れたとも思えない。そのあたりの事情ややりくりを母から聞いたことはない。しかし、私が物心ついたころには、母が作るわが家の夕食はすっかり酒飲み好みの食卓として完成されていた。

「そのときの安い材料、あるものだけで作る田舎料理ばかり」と本人は涼しく言っていたが、いとこたちからさえいまだに、「おばさんの料理はホントに美味しかった」と言われる。そして、いつのまにか母も父の晩酌の相手で少しは酒をたしなむようになっていた。

　しかし、これはあくまでも大人の話。昭和三十年代には一般家庭にも洋風の食事文化が浸透していった。核家族でサラリーマンの父親の帰宅が遅い家では、食卓の中心は子どもたちだった。テレビや友だちの家で見る夕食はハンバーグやロールキャベツ、オムレツに赤いケチャップ、サラダにマヨネーズといった、彩りがきれいなお皿が並んでいた。小さいころの私はいつもこう思った。

「どうしてうちのおかずはいつも茶色っぽいんだろう。どうして甘くないんだろう」

　到来物のカニの甲羅から、父がミソを箸で直接つまんで食べるのを見たときには、本当に気味が悪いと思ったものである。あんなドロドロしたキタナイ色のものをどうして嬉しそうに食べるんだろう。このことを、私と同じく酒飲み家庭に育ったひと回りほど若い友人に話すと、やはり私の子どものころと全く同じ、うちのおかずは茶色いと思っていたという。しかし、自分の家の食卓を内心不満に思いながら育った子どもたちが大人になってどうかといえば、結局自分が育った食卓がなつかしく美味しいと感じる。そして、家庭を持つと結局同じような料理を作っている。味覚は保守的なのである。

「へしこ」の話

父の一番最後の孫である甥っ子は、遠方に住んでいたためおじいちゃんと食事をする機会がほとんどなかった。ところが、誰が教えたわけでもないのに、小学校に上がる前の小さいころから海の物や乾物類が好きで、「へしこ」（福井県若狭から京都府北部の日本海沿岸地方に伝わる珍味で魚をぬか漬けにしたもの）を美味しいといって周囲を驚かせたという。これはおじいちゃんの隔世遺伝ではないだろうか、と考えていたら思い出したことがある。十九世紀ロシアの小説家チェーホフの短編に『学生』という佳品がある。

ある神学生が村の母娘に『福音書』の最後の晩餐の話をする。すると突然、母親が泣き出し、娘は痛みを耐えるような顔つきになった。それを見た学生は、たった今、自分が話した千九百年前にあったことが現代のこのふたりやこの村、自分自身、そしてすべての人に関わりがあるのだということをはっきりと感じ取った。過去は次から次へと流れる事件の鎖によって現代と結ばれている。彼は自分が今、その時間の鎖の片方に触れたらもう一方が揺れたところをまざまざと見たのだと思えた。今、目の前で見ているものすべては、昔人々を導いた真理が作りあげてきたまさにその世界であり、連綿とつながる人の暮らしの一端がここにある。そう思うと、彼にはふいに世界が魅惑的で深い意味に満ちたものに思われてきたのだった。

数ページにも満たない散文詩のような美しい物語だ。私が甥の「へしこ」の話を聞いたときにふと思い浮かんだのは、この「へしこ」はもしかしたら父がそっと投げた見えないボールではなかったか、というちょっとロマンチックな連想だった。それを甥がナイスキャッチしたのではないか。それはその昔、父が誰かからキャッチしたものであったのかもしれない。こうしてつながっていく時間の鎖を思い描いてみると、「世界はやっぱり面白いね」と、思わず語りかけたくなるのだった。

脱力系の手法

最近は自分の家が大好きな若者も結構いるらしいが、独断と偏見を承知で言わせてもらえば、かつての思春期の子どもたちは総じて家や親が大嫌いだった。私のまわりに聞いてみるとみんな多かれ少なかれ、こんな家からは早く出ていきたい、親許から早く離れたいと思っていたと言う。そんな年頃には何から何までが気にくわないし批判したくなるものである。ときには思想や哲学まで持ち出して親や家を批判にさらす。今から思えば単なるはしかのようなものだが、大人になるための大切な通過儀礼にほかならない。

私の場合は、母親のシャドウワークに徹した生き方、やり方のひとつひとつが気に入らない時期があり、小生意気な年頃に思い余って母を真正面からバッサリと批判したことがあった。内容はすっかり忘れたが、自分で「アッしまった、言い過ぎた」と思った感覚と、このとき父が「そんなことをいうもんじゃない」とやんわり、しかしハッキリと母の側についたと感じたことだけは鮮明に覚えている。「お父さんズルい。自分に火の粉がかかりそうなときだけお母さんの味方をしている」と思ったからだ。このとき、理詰めでこう考えた私はあまりにも未熟だ。父は母の側にも私の側にもついたわけではなかった。

合気道の基本は相手と同じ立場に立つことだ、という話を聞いたことがある。技を掛けるときには必ず相手と身体の軸をそろえる。軸がそろえば力を使わなくても相手を自分の思う方向に動かすことができる。しかも、相手はこちらに動かされたと感じない。合気道に限らず武道の目的は、本来、相手を倒すことではなく争いを避けること。相手も生かして自分も生きるのが武道の基本だ。父は特段、武道の心得があったわけではないと思うが、家族や一族というコミュニティを仕切っていく上での父のやり方にはどこか武道と通じるものを感じる。

さて、団塊の世代のど真ん中に位置するふたりの兄たちのほうは、血気盛んな学生のころ、よく父に真正面から議論を挑み、食卓で文字通り口角泡を飛ばして噛みついていた。そんなときの父は、「うん、そうか」「そんな考え方もあるね」と、真正面からでなく、奇妙な間を空けた斜めからの返しかたをするので、なかなか談論風発のステージまで盛り上がらない。それどころか、議論のリズムが崩れて何だか拍子抜けしたような不思議な砕け方をする。何の話だったのか全く記憶にないが、この奇妙な感覚だけを私は覚えている。ふところで受けて言いたいことを言わせ、ひたすら聞き、やんわりと返す。

後に精神科医の香山リカさんの話を聞いたとき、これはカウンセラーのノウハウのひとつではないかと気づいた。クライアントの胸の内を充分吐き出させるために、ひたすら相槌を打つ。相手が白だと言えば、「あぁ、なるほど白ですねぇ」、次の診察日に同じ人が

「いや、黒でした」と答える。すると、「あぁなるほど、本当だ。黒ですねぇ」と答える。そうこうするうちに、本人が自分で問題の解決の糸口を見つけて行くという。こんな手法を父が取り入れていたはずもなかろうが、声を荒げることもなく手をあげることもなく、父は血気にはやる息子たちに脱力系の手法で相対していたように私には見えた。

かつて東京生まれの友人にその話をしたところ、「それは京都人特有のやり方で東京人とは違うわね」と、あっさり言われたことがある。まあ、そういう見方もあるのかもしれないなあ、と私は思ったのである。

モダンの系譜

血筋だろうか。祖父は新しいモノやコトに関心が強く、また職人さんと話すことが好きな人だった。この祖父の子どもである父の兄弟たちは、たぶん世間標準からみれば少しばかり規格外の人が多いように思う。父の一家が越してきたのは戦前の旧浦和市仲町。シンガーミシンに勤めていた祖父はここで自分のミシン販売店を開いた。道路拡張のために立ち退きになって今の場所に移るが、祖父はそのあいだにミシンの製造会社を設立する。それまで父は、「仲町のミシン屋の長男」だった。当時お向かいだった家のお嬢さんの息子が私の小中学校の同級生だ。こんな証言がある。

「克巳さんはモダンなベレー帽をかぶっていた」

話によると祖父はハイカラ好みで新しいもの好き、どうやら子どもたちに対しても人と同じ当たり前のことはするなという教育だったらしい。戦前の浦和では珍しい舶来のベレー帽をかぶせられていたのは、年齢から言って父ではなく五人いた弟のうちの誰かではないかと思う。しかしいずれにせよ、

「あの家はちょっと変わり者のお父さんが子どもたちに、人と同じことはするな、と教育している」

と近所のうわさになっていたであろうことは想像できる。

大正末期から昭和初期にかけて、空前絶後の同人雑誌のブームがあった。そのころ「詩と詩論」（一九二八年創刊）などを通して、「エスプリ・ヌーボー（新精神）」と呼ばれた海外の新しい文学、シュールレアリスムの芸術思想、詩人や作家たちが紹介された（『昭和文学盛衰史』高見順著　文春文庫　一九八七年）。

そのころの父はちょうど旧制浦和中学に入学した十代半ば、謄写版刷りの同人誌を出したりしていた。時まさに青春期とピッタリかさなり、名実ともにモダニズムの洗礼を受けたことになる。未だ形のない、評価の定まっていないものへの関心、新しい眼で見る暮ら

しの茶飯、市井の側に立つことへのこだわりが、父のその後の精神と生活のスタイルを支えていた、という仮説は充分成り立つ。

アコーディオンとオブジェ

父の弟のひとりである叔父は、音楽好きで木製のボタン式アコーディオンの名手だった。リクエストすると何でも即興で演奏してくれる。そのころ、家にあったオルガンの「黒鍵」だけをつかって自分で伴奏しながら歌うこともあった。

「どうして黒い鍵盤しか使わないの」

と聞くと、

「でっぱってるから便利なんだよ。白いのはたくさんあるから面倒でしょ」

と、わかったような妙な説明で煙にまかれた。

四角いポストのような形のラジオ付蓄音機もこの叔父の持ち物だった。レコード専用の棚は浅い引き出しが縦に並んだ特別製で、中にはさまざまなレコードが入っていた。「からたちの花」や「浜辺の歌」など、大正・昭和の日本の叙情歌や歌曲が多かったように思う。

この音楽好きの叔父は芸術全般に関心が高く、美術や造形の才にも恵まれていた。色とりどりのきれいな色紙でちぎり絵を作り、額装して自分の家の玄関に飾っていた。叔父の家の子ども部屋から庭に出るドアは鮮やかな黄色いペンキで塗られていた。この家の幾何学的なデザインや色調は、いま思い返せばモンドリアンの絵を思わせるものだった。

この叔父の家では、「暮しの手帖」をとっていた。叔母は、洋裁学校を出て人の紹介で叔父と結婚した。北海道は根室の先の別海村でのびやかに育った叔母は、色白でゆっくりした話しぶりの大らかな人で針仕事や手芸が好きだった。子どもは男の子がふたり。それで「女の子はいいわねぇ」と、私によく可愛い小物を作ってくれたりした。開放的で明るい風が通るこの家には、「暮しの手帖」が良く似合った。

叔父は、いけばな未生流師範の免許を持ち、指導もしていた。展覧会に出展するための作品も制作したが、この作品がまた極めつきのアヴァンギャルドだった。細かく砕いたガラスのかけらを絵の具で彩色して細長い箱に貼り付け、そのあいだから生花がのぞいているといった、いけばなというより現代アートのオブジェのようだった。

展覧会に出品したこれらのオブジェのいくつかはわが家に飾ってあった。家の玄関は、格子戸をあけると黒いタイル張りのたたきがあり、上り框の正面には障子戸のはまった丸窓のある、昭和の家によくあるタイプの日本風だった。件のオブジェは玄関の左手にあった下駄箱の上で長いあいだ異彩を放っていた。この種の和洋折衷の美学は家では何の違和感もなく自然に受け入れられ、叔父のアヴァンギャルドなオブジェは祖父の建てた日本家屋に良く溶け込んでいた。

この叔父は一九二五年（大正十四）生まれの戦中派。二十歳で終戦を迎え、戦後、女子校の国語教師になった。父が昭和初期のモダニズムの影響を自覚的に受けたのはわかるが、叔父はどのようにしてあのアヴァンギャルドなセンスを身に付けたのだろうか。青春期は戦争のまっただ中。肋膜炎を患い背中に大きな手術のあとがあった。この年齢では珍しく百七十五センチほどのスラリとした長身でハンサム、「青い山脈」時代の教師だった叔父は女学生たちに大いに人気があり、下駄箱に何通も手紙が入っていたという。結婚してからも当時の日本の男性には珍しく叔母を対等に扱い、いつまでも若いカップルのように仲睦まじく、このふたりの風景もモダンな家にふさわしかった。普段は、当時珍しいジーンズとスニーカー、ペイズリー柄のシャツなどをスマートに着こなしていた。物腰柔らかな叔父のこうした服装やライフスタイルは決して奇抜にもキザにも見えず、むしろ新しい時代の風を運んでくるようで爽やかだった。こんなファッションでオブジェを作っている姿は、華道家というよりアーティストという言葉のほうがシックリと似合った。

りへいちゃん

父の末の弟であるもうひとりの叔父がそのころ建てた家は白い漆喰《しっくい》壁の平屋で、西洋民家風の開放的な家だった。大きな窓の明るいリビングは芝生の庭に向かって開かれていた。裏通りには玄関もあったが、庭の低い木戸を通ってテラスから直接家にあがるのが習慣だった。ベッドルームにはダブルベッドが置いてあった。著名な建築家が設計したという家が気に入り、許可を得て似たように作ったということだった。華道家の叔父の家もこの家も私には珍しく、よく遊びにいった。

そのころ三歳くらいだったこの家のいとこの女の子はとびきりの怖がりだった。祖母のはずした入れ歯をみては泣き、祖父の背中に残る大きなおできの手術の傷跡を見ては怖いといってピーピー泣いた。そのくせおじいちゃんの大ファンで、初めて買ってもらった着せかえのカール人形に、「りへいちゃん」という名前をつけた。祖父は「利平《りへい》」という名前だったのだ。

人形を背中にくくりつけてもらい、「りへいちゃん、りへいちゃん」とあやしながらミルクを飲ませたりオムツを代えている幼いいとこの姿は微笑ましくも愛らしく、大人たちのクスクス笑いとともに人気をさらった。人形に自分の名前をつけられた当の祖父はどうかといえば、目を細めてこの話を嬉しそうに聞いていた。なにしろ祖父は、独創性や新しい発想が大好きだった。しかしそれは祖父がまだ元気だったころのことで、やがて脳溢血で倒れ半身不随の寝たきりとなると、笑えない冗談になってしまった。

こうして祖父の開拓精神と未知なるものへの好奇心、独自性、ハイカラ趣味、市井の人への共感は、形は違えどそれぞれの解釈で息子たちに引き継がれていった。

父の好きだった数学者の岡潔博士は、「無差別智」または「純粋直感」「平等性智」といった。これは、当たり前のことを当たり前とみる力であるという。この「智」があればいつでも自説が立つ。ガリレオが時代に先んじて真実を主張できたのもこの力があったからである（『春宵十話』岡潔著　光文社文庫　二〇〇六年）。

こうして考えてみると、父が「岡潔は面白い」とさかん言っていたのは、何も私の記憶に焼きついている「飛びあがって宙に浮いている写真」がひょうきんで面白いばかりではなく、この「無差別智」という思想への強い関心だったのではないか、と解けてくるのである。

「解剖台の上のミシンとこうもり傘の偶然の出会いのように美しい」

有名な、シュールレアリスムの精神を象徴する詩句（ロートレアモン伯爵の『マルドロールの歌』より）をあえて引けば、まさに「仲町のミシン屋の息子」であった父の中では、体系もヒエラルキーもない雑多な体験や知識、位相やジャンルの異なるさまざまな人々やことがらが共存していた。そしてやがてそれらが形を変え、歌となっていったのである。

孫シッター

父の孫である私の長男は小さいころからマイペースな性格だった。私の仕事の産休が明けた〇歳児から保育園育ちで、年中組からは当時珍しい保父さんが担任だった。「おんな先生」ならぬ「おとこ先生」のもと、『二十四の瞳』の分教場のような自由な保育園生活だった。ところが、小学校にはいって放課後に通った学童クラブでは、几帳面なおんなの先生が求める集団行動や細かい規則に馴染めず学童クラブからよく脱走した。年のわりに口が達者だった息子は、怒ってこう訴えた。

「僕に相談もしないで学童になんか入れないでよ。僕は自由が欲しい」

お昼には授業が終わってしまう一年生を家でひとり過ごさせる訳にもいかず、近所の知人や友だちの家にお世話になることもしばしばだった。

そんな話をしたところ、父が、

「それはかわいそうだ。たまには相手をしにいってやろう」

と言い出した。そしてある日、原稿用紙を持って、電車で一時間半ほど離れたわが家に、「八十歳の老人シッター」としてやってきたのである。父は、原稿は座卓で書きたいというが家に座卓はない。すると、「これがいいね」と父が目を付けたのは、アイロン台だった。結局その日父は、孫の話相手をしながらアイロン台を文机がわりに原稿を書いた。

朝、「今日はおじいちゃんがいるから、学童は休んでいいよ」と伝えると、息子は大喜び。その日は、歳の差七十歳あまりとはいえ、男同士なにやら共通の話題があったとみえ、私が仕事から帰るとふたりは機嫌のよい顔で出迎えてくれた。

ポチ袋

母が七十九歳で亡くなったとき、父は八十三歳だった。葬儀が終わったあと、私は数日間の忌休を利用して母の遺品を片付けた。母親の後片付けは娘の仕事である。父とどうということもない話などしながら、処分するモノと叔母たちに形見分けするモノに仕分けした。遺品と言っても、いかにも母らしくいざ自分がいなくなったときのものがボストンバッグなどにきちんとそろえられていて、思わず笑ってしまう程の始末ぶりだった。

叔母たちはそれぞれ別の家庭で育ち、異なる地方や環境から偶然同じ加藤家に嫁ぎ、たまさか母と義理の姉妹となって数十年を過ごしてきた。この昭和の嫁たちは長男の嫁である母に本当に世話になったと、特別に高価とも思えない衣類や小物を喜んで受け取ってくれた。それは「モノ」というより、いくつもの出来事や時代をともに超えてきた叔母たちにとって、かけがえのない「時間」の証だったのだと思えた。

父の中にもまた六十年ほどの時間が思い起こされているようで、ポツリポツリと母が嫁いできた最初のころのことなどが口からこぼれた。しかし、このときの作業で父と私にとって最も印象深く、母の存在を語って余りあると思えたのは、どのハンドバッグからも小引き出しからも出てきたいくつもいくつもの小さなポチ袋だった。ここにも、またここにもと言いながら、父と私は顔を見合わせ、何度も声をあげて笑った。

大家族には冠婚葬祭がつきもので、また、何かにつけて親戚の集まりも多い。さらに加えてこの家は、祖父の会社関係や父の短歌の関係の人の出入りも多いところだった。その都度、人を送り迎えしたり呼びに行ったり、何かを運んだり届けたりと人手がいる。母は陰でその采を振りながら、手を貸してくれた親戚や手伝いの人に小さなポチ袋をさりげなく渡して労をねぎらった。その現場を私は子どものころから何度も見ていた。しかし、若気の私は母のこの行為を、どちらかと言えば少し疎ましいように感じていたのも事実である。こうした理屈で説明のつかない気配りは、子どもにとってはただうっとうしいだけの、大人の世界の古いしきたりのように思えた。こんな些細な心遣いの大切さや意味がわかるようになったのは、ずっと後になってからのことである。

それにしても、この大量に発掘されたポチ袋の山ほど、母が嫁に来てからの長い歳月と、母という人間の人品や骨柄を物語るものはなかった。そして、それを笑いあったこのころには、まだ父はこれから先しばらく続く峠を登り始めたばかりだった。

妻を看取るということ

さて、母を見送った後の父はどのようにして今まで編み込まれてきた自分の生活を一度ほどいて、もう一回編み直したのか。このころの歌を私はほとんど読まない。そもそも、もの書きの親の書いた文章や作品を子どもというものはあまり読んでいないらしい。何人かのものを書く人の子どもたちが口をそろえて、「親の文章をまともに読んでいない」と言っていることを知り、ちょっとホッとしたものである。とは言え、子どものころからなんとなく覚えている歌や気に入っている歌はいくつかあり、ふと読み返してみたりすることもある。しかし、そんなときにも、母を亡くした後しばらくの父の歌は横目で読んでさっと通り過ぎることが多い。

ジャコメッティを歌い、核弾頭を歌い、原始や永遠を歌い、作品で家族や子どもにほとんど触れることのなかった歌人。あの、難解な歌人といわれた人の歌とはとうてい思えない、直截的でナマの表現が溢れているからである。

何人かの妻を看取った人の作品や文章を読み、中には仕事で作者にお目にかかる機会もあり、感銘を受けたことも幾度となくある。歌人の永田和宏さんは、妻の歌人河野裕子さんをがんで亡くした。その、十年にわたる壮絶を極めた物語を、『歌に私は泣くだらう――妻・河野裕子闘病の十年』(二〇一二年　新潮社)で明かした。やはりがんで妻を亡くした小池光さんの訥々と胸に染み込んでくるような歌には、思わず胸をつかれた(歌集『思川の岸辺』二〇一五年　角川書店)。

しかし、あるとき私の中で、何か胸につかえていたものがスルスル解けて、ストンと腑に落ちたような気がしたことがあった。それは、垣添忠生先生の『妻を看取る日――国立がんセンター名誉総長の喪失と再生の記録』(二〇〇九年　新潮社)を読み、仕事で先生にお目にかかって話をうかがったときのことである。

垣添先生は、図らずも自分の専門のがんで妻を亡くされた方である。その闘病と看病の詳細な事実と、見送ってから自分が「正常な」状態に戻るまでの、医者らしい正確な心と生活の記録がこの本で、グリーフケアの書として世に出された。重層な専門知識に裏打ちされた治療の采配、最後の日を家で見送るために自宅に持ち込まれた医療機器や人的ネットワークの整備は、専門家にしかできない特殊な事例で、もちろん誰にもまねはできない。その完成されたプロフェッショナルな仕事は、この場合言葉はふさわしくないかもしれないが、芸術的な美しささえ感じられる。

しかし何より心打たれたのは、妻を見送ってから後の本人の喪失感と、舵を失ったような生活ぶり、そしてそこから立ち直っていくまでの再生の道のりである。先生は自分でも信じ難いほど極度の鬱状態に陥り、毎晩ウィスキーを飲まなければ眠れない日々が続き、ついにアル中に近い症状にまで至る。その過程もまた医者そのもので、別人のように落ち込んだ心理状態と裏腹に自分の症状を客観的に怜悧に記録されている。そしてついに絶望のどん底と思われるところに行きあたると、今度はこれまた科学者らしい細心にして地道な努力によって身体を回復させ、心を再生させたのである。その立ち直りの処方箋が、すべてを書き出したこの本の執筆であった。毎日、出会ったころからの妻の思い出を書きつけ、闘病と診断と治療の記録を書き起こして行くうち、暗闇にひとすじの光明が見える。やがて出口を見出し、先生は再生して行った。

先生の話をこのとき直接うかがってからようやく、私の中に、遠くから見ていた父の戦いの日々がくっきりと形をなして位置付けられたような気がした。おそらくなるべく具体的に、なるべく直截にいわばベタな表現で歌にすることは、新たに独り者としての生活を立ち上げ、整えるために、父が自ら考えたグリーフケアの処方箋であったのではないだろうか。どこかの時点で父は自分の気持ちに整理をつけ、観念して自分で朝食の味噌汁を作り始め、新しい生活のサイクルを見出し、その後の十一年を生き抜いたのであった。この一時期の歌が良い歌かどうかは私にはまったくわからない。何しろあまり読んでいないのだから。

長嶋・茂吉・岡潔

父はプロ野球が好きで、わけても長嶋茂雄が好きだった。食卓では私たち子どもが見ているテレビのチャンネルを、「コマーシャルのあいだだけでいいから野球に変えてくれないかな」と交渉してきた。食事が終わると「さぁベンキョーだ」と、そそくさと席をたって原稿用紙に向かったが、トランジスタラジオを傍らに置き、野球中継が終わるまでは聞きながら原稿を書いていた。父は昼間の会社の仕事と区別して、夜の執筆の仕事を「ベンキョー」と呼んだ。いつも「ベンキョーは面白い」と言い、母は「お父さんはベンキョーが好きなの」と言った。

小学生のころ野球少年だった長兄は、よく有名なバッターやピッチャーの特徴あるフォームを形態模写でやってみせ、みんなを笑わせた。兄はまた、相撲の取り口や土俵入りの雲竜型《うんりゅうがた》や不知火型《しらぬいがた》も上手にまねてみせた。父の葬儀の折、兄は「野球のボールの投げ方も打ち方も相撲の型も全部お父さんに教えてもらった」と言っていた。このとき兄がポツリと、「最近、昔の古い家の夢をよく見るんだよね」といった。それで私たち兄妹三人はめずらしく、何十年も昔の子どものころの家のことを話した。こんな話をするのはこれが初めてで最後だった。廊下の隅にオモチャ用の細長い戸棚があったとか、戸袋から雨戸を引き出すのが難しかったとか、庭の鉄棒から誰が落ちたとか、缶けりの缶の定位置がどこだったか、といったささいな話である。このときの話が、私の中で眠っていた記憶の鍵をあけることになった。

父が亡くなる前の病室で私は何か楽しいことを話したいと思い、長嶋のことを思い出した。長嶋は小学生の長男一茂を連れて後楽園球場に行ったとき、自分が夢中になって帰りに息子を連れてきているのをすっかり忘れ、置き去りにしてひとりで帰ってきてしまった。良く知られているこのエピソードを話してみた。すると、小学生の子どものような顔になった父が今度は、

「長嶋は三振をしたとき、自分に腹を立てて帽子を地面にたたきつけたんだ」

と、もう動かすのもままならない腕で帽子をなげつける仕草を真似て見せ、いたずらっぽく「ハハハ」と声をあげて笑った。そこで、私は長いこと聞きそびれていた質問をしてみた。

「長嶋のどこがそんなに好きなの」

すると、ちょっと考えてから、こう言った。

「人間らしいところ」


ところで、斎藤茂吉、岡潔、そして長嶋茂雄と父の好きな人物を三人並べてみると、いずれ劣らぬ天衣無縫の行動に出る自然児というか、いわゆるテンネン系のキャラクターである。そして、本人にもややそのケがあったかもしれない。

蛍飛び

やはり亡くなる前の夏の病室で。私は父の枕元にたまたま置いてあった俳句の雑誌からなにげなく、幻想的な夜の水辺の写真とともに掲載されていた夏の句を読み上げた。

蛍獲て少年の指みどりなり　　山口誓子

すると、それまでウトウトしながら聞いていた父が、やにわに反応した。

「トビッ」

「えっ?」

「〝エテ（獲て）〟じゃなくて、〝トビ（飛び）〟のほうがいいな」

「これ、山口誓子の句だけど」

「あぁ。でも〝飛び〟のほうがいい」

なんと、父は反射的に添削をしたのである。何十年も歌会や新聞の歌壇欄で添削をしてきた父は、野球選手の身体が勝手にボールに反応するのと同じく、まさに身体が勝手に言葉に反応していた。習い性といえばそれまでだが、短歌ではなく俳句、しかも山口誓子の句である。が、考えてみればもうそんなことは関係なかった。父はいま、自分の感性の残りの一滴まで使い尽くそうとしているところだった。

蛍飛び少年の指みどりなり　　克巳

誓子の句は、少年の小さな手の中に獲った蛍が、指を透かしてみどりに輝いている絵が印象的で美しい。対して「克巳の句」では、少年は蛍を獲ったわけではない。闇を舞う蛍の「みどり」の光と少年の指の「みどり」に因果関係が無く、どうしてその指が「みどりなり」なのか直接的にはわからない。ただ、水辺で輝く蛍を追っている少年の白くて薄い指が、光を映してかみどり色に輝いているように見える、と突き放している。平素短歌も俳句も詠まない素人の私が言うのは恥ずかしいが、読み返してみるとこういうことになる。私には何が良い句なのかはわからないが、もしこれが「手の中で蛍が輝いているから指が透けてみどりに見える」と意味が通っていたらもう父の作品ではないように思える。発想は必ず、意味や脈絡を「飛び」こえ、遊んでいるのが私にとっての父なのだった。したがって、「蛍飛び」の句はやはり、「克巳の句」にほかならないと思えるのである。

Ⅳ

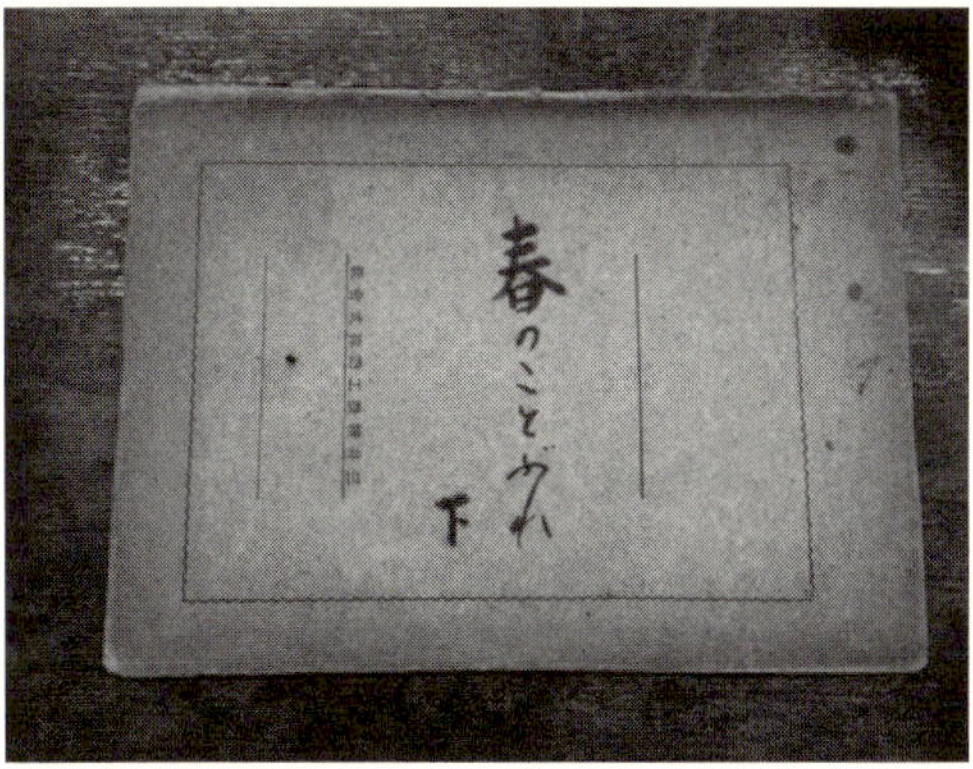

「春のことぶれ」の父の筆写ノート　折口博士記念古代研究所内、折口愛用のデスクの上で

大学時代のノート

実家の書斎の隣にあった書庫で父の大学時代のノートを何度か見たことがある。折口信夫や武田祐吉、金田一京助の講義が小さな字でびっしり書きこまれていた。それは私が知っている、自由に崩した丸みをおびた父の字とはかなり違う筆跡だった。小さな几帳面な字は記憶に焼きついていたが、茶色に変色したこれらのノートに良く目を通す機会がないまま時間がたった。

父の没後、これら在学中のノート三十五冊、卒業論文、その他作品ノートや資料、書籍類もふくめ約九十点を、國學院大學「折口博士記念古代研究所」所長である小川直之教授のはからいで、同研究所に寄贈させていただいた。

先日、小川教授に特別に許可をいただき、同研究所で父のノート類を閲覧することができた。

研究所には、折口博士の著作集や古代学に関する膨大な研究書籍はもとより、柳田國男の自筆書簡を表装した巻物、折口や柳田の良く知られた肖像写真、折口の胸像、折口が使っていたという蓄音機ほかさまざまな収集資料が所せましと立てかけられたり積まれたりしていた。そのあいだには、折口が研究室で愛用していたデスクと椅子が置いてあった。

父のノートの詳細な内容については大学が目録を作ってくださっていた。一九三三年（昭和八）の予科入学から三八年の卒業まで五年間の講義録のほか、中学時代に書き写したという釈迢空第二歌集『春のことぶれ』の筆写ノート、講義に関係のないメモや、裏表紙の側から書き始められた原稿の下書き、短歌作品の草稿、戦時中の軍隊のノート、中には挨拶状の下書きまでがこの目録にはページ入りで正確に整理されている。

ノートは一冊ずつ白い封筒に入れられ、封筒は目録の番号と内容が照合できるようナンバリングされている。限られた時間の中で、私はまず目録で読みたい箇所に付箋をつけ、それを番号のついた封筒から出して見る作業に取りかかった。

ノートのはいった封筒は書類箱に積み上げられ、折口愛用のデスクの上におかれていた。私は折口が使っていたというデスクの上で、父のノートを一冊ずつ見ていったのである。日に焼けて茶色に変色し、乾いてカサカサになったノートのページをめくっていくのは緊張をともなったが、同時にノートを通じて時間を飛び越えていくような軽い興奮を覚える作業でもあった。

デスクの左脇には折口愛用の椅子もあり、座面は日焼けた紺色のビロード張り、木製の肘掛のついた回転椅子だったが、さすがにこれに座るのははばかられた。

手が考える

父は一九三三年に大学予科に入学。すでに旧制中学時代の数え年十五歳で短歌に出会い、作歌活動を開始していた。当時、中学生には高価で買うことができなかった迢空の『春のことぶれ』を借りてきて全編ノートに筆写している。コピーのない時代には書籍やノートの筆写は誰もがしていたことである。しかし実際、上下二巻に分かれ、上巻は毛筆、下巻の途中からはペンで書き写されたノートを目の当たりにすると胸を打つものがあった。折口の多行形式の歌集をそのレイアウトもそっくりに筆写するという丹念な手作業である。写し取る手を通して、折口の言葉のリズムは十代の多感な身体の隅々まで注ぎこまれていったに違いなく、それは内面にいかに大きな影響を残したことだろう。

大学は迷わず折口信夫博士と武田祐吉博士のいる國學院大學国文科を選んでいる。口頭試問でこの大学を選んだ理由を聞かれ、「折口信夫先生と武田祐吉先生の講義を聴講し、師事を仰ぎたくて志望しました」と率直に答えた。活字を通してふたりの先生方に憧れていたが、写真も見たことのないこの朴訥な十八歳の青年は、目の前に並ぶ試験官がいったい誰なのかは知らなかった。ところが入学して武田先生の授業に出てはじめて、口頭試問で目の前にいた人が武田先生その人だったことを知った。

「武田先生本人の質問に、先生にあこがれてます。尊敬してるって答えちゃったんだね。合格するはずだよね。ハハハ」

これは子どものころよく聞いた父の得意な軽口のひとつだった。

入学した年のノートには武田博士の「萬葉集講義」などがあり、細かな字で、講義の内容が速記録のようにその言葉通り記録されている。大学ノートに縦書きで書き始め、あるページから何故か急に横書きになったりしているが、几帳面に並んだ字は変わらず、一字一句聞き逃すまいという熱意が伝わる。人の生の声を自分の耳で聞き取り、自分の手で記録し、体内に取り込んでいくという「学び」の原初的な姿である。ここには、「速さ」や「便利さ」を競って今日まで走ってきてしまった時代が、指のあいだからとりこぼしたことに気づかず、忘れてきたものがあるように思えた。

幾枚かのバラバラの講義メモもあり、これらをノートに清書したものもあるだろうが、そのままノートに書き取ったと思われるものもあり、いずれにしてもペンで書かれた講義録には大きな書き直しもなく、ひたすら息遣いまでも書き取ろうとする若い学生の気負いと微熱が感じられる。

以前、ＮＨＫの番組で印象に残ったシーンがあった。音楽評論家の吉田秀和さんが原稿を書きながらつぶやいている。吉田さんは原稿用紙のマス目に手書きで文字をひとつひとつ書き込む。文章中で必要な楽譜は、自分の手で五線紙に写したものをハサミで切り抜き、人さし指でのりをつけ、原稿用紙の余白に貼りつける。

「こうして手を使ってここは漢字で書こうかそれともひらがなにしようか考えながら文字を埋め、楽譜を貼っていく。僕には手仕事の楽しみなんですよ。これこそが考えるという作業なんですよ」

手が考えるというのである。そのとき吉田さんはこんな話もした。ドガが絵筆で木の葉を一枚一枚塗っている。「辛抱のいる大変な仕事ですね」と言われたドガは、「バカいうんじゃない。こうして一枚一枚葉っぱを塗っていくことが画家の楽しみなのさ。それが絵を描くということなんだ。〝ここに木があります〟なんて説明するのは画家の仕事じゃない」（NHK「言葉で奏でる音楽――吉田秀和の軌跡」二〇〇七年七月）。吉田秀和さんは一九一三年（大正二）生まれ。父と同世代である。

さて、父の講義録は武田祐吉「萬葉集講義」、折口信夫「古代学」、「源氏物語」、金田一京助「國語学」をはじめ、在学中のものが全三十五冊。ほとんどが口述筆記型の講義録だが、金田一博士の「國語学」は学問の性格上、横書きの箇条書き、ときおり横文字もはいり、矢印や項目で分類されたいわば板書のスタイルだった。

それにしても、父が在学した一九三三年から三八年をふくむ時期、この大学には釈迢空こと折口信夫、武田祐吉、金田一京助という、国語・国文学の泰斗、当代きってのスターが文字通りキラ星のごとく打ちそろっていた。国文学を志し、まして短歌をその表現手段に選び、沼空の歌に憧れた文学青年に迷いがなかったのは、当然のことだったのかもしれない。

弟子にして弟子にあらず

こうして十八歳の青年は憧れの折口先生の講義を受けるようになった。予科から在学五年間、一度も欠席することなく熱心に聴講し几帳面にノートを取る。毎週行われていた課外の「郷土史研究会」にも欠かさず出席し、そこで行われた「源氏物語講義」の聴講ノートも残っている。しかし父は、沼空の主宰する「鳥船」に弟子としてはいろうとはしなかった。

このあたりの経緯は、本人の言によると次のようになる（一九九二年「個性」四十周年記念インタビューより）。

「昭和期に入ると、日本に新興文学がおこり、絵画、文学総て新興芸術と称するものがさかんになっていった。短歌もこの頃定型を破った口語発想による新短歌運動が興ったんだ。

僕はそれに魅かれ新短歌の雑誌を毎月読んだな、その本を読んでいるうちに、僕はこれから新しい歌を積極的に求めてゆかなければ、日本の短歌は伸びるどころか反対に滅び去ってしまうだろうという危惧感をいだきはじめたんだ。

僕は国学院大学で万葉をはじめ上代文学を主として勉強していたが、反面、新しい文化に刺激され、映画も絵画も詩も外国のものばっかり見るようになっていった。これらの影響がぼくの歌を近代性、抽象性の強いものにしていった。（略）

国学院を出て迢空に歌を習わず、戦後迢空論をあれこれと書いたんだからおかしいと思うかも知れないが、ちっともおかしくないいんだな。先生の精神を受け継いで先生の歌風の亜流となって真似したのではない、だけど先生の精神に対しては純粋なる後継者と自分では自負している。（自著の）『鑑賞 釈迢空の秀歌』（短歌新聞社刊）は迢空の歌を理解し迢空の思想に対する心酔と尊敬の表れなんだ」（原文ママ）

迢空との距離については、中村幸一が「『初期に影響を受けた歌人』釈迢空 呪縛なのか」（「熾」二〇一五年六月号 加藤克巳生誕百年記念特集）で、克巳の迢空への思いは「愛憎半ばする」と書いている。学問は面白いが直弟子として束縛されることは拒み、異なった方向を追求していきたい。弟子にあらざる弟子という複雑な気持ちを持っていたらしい。

そのあたりの分析はこの原稿の任ではない。しかし私の記憶では、一九七〇年（昭和四十五）に第四回迢空賞を受賞した折の父の喜びようは、当時その価値が大してわかっていなかった私にも充分に伝わってきた。そして終生変わることなく、釈迢空という歌人を尊敬しつづけていたことは確かである。

それにしても、少年期から大人になっていく時期に心から憧れる対象を見つけ、没頭し、迷うことなく突き進み、時代に恵まれ、求め続けた人。その後の長い歳月には戦争をはさみ、挫折も落胆も悔しさも焦りも悲しみも人並みに味わったはずだが、若い日にこんな幸せな時間を過ごしたことが、負の体験のすべてを飲みこむ陽性の人生観をもたらしたのではないかと、私には思えた。

ポーカーフェイス

父の大学時代の受講ノートには折口信夫、武田祐吉、金田一京助博士をはじめとする教授陣の講義録のほか、残ったページや余白、裏表紙にまで、さまざまな走り書きの類が散見された。講義録のノートの残りをメモや下書き用として使っていたことがわかる。こちらのほうからは、昭和初期の文学青年の胸の内や学生生活が垣間見られて、講義録とは別の意味で存外に面白い。

ある講義録の裏表紙の左端には、万年筆で斜めに走り書きで poker face と記されている。学生の父が、何を思って「ポーカーフェイス」とわざわざ書きつけたのだろうか。

あるページには、こんなことも書かれていた。（文字は原文ママ、〓は判読不明）

「みんなが僕を気狂ひだといふ。みんなが僕をぬけてるといふ。しかし僕はみんなが少々呑気すぎるとおもふ。みんなはあまり〓なしくほかない生き方をしてゐるから。それでみんなは平気なのだ。僕は気狂ひとでもならなければ世が過せない」

大学の友人たちとの気持ちのすれ違いや生き方、信条のズレを意識し、青年らしい悩みをいだいていたことがわかる。ひょっとしたらこんなところに、われ関せず、気づかぬ顔で変わり者を演じわが道をいこう、と「ポーカーフェイス」を決め込んだ秘密があるのだろうか。

また、こんなシュールなコントのような記述もあった。

「二三日前さけをのんでだんだん愉快になったので、僕のまはりの人間どもをわけもなく二つ三つ叩いてやった。するととてもよい音がし、人間といふものは一人一人なかなか立派な頭をもってゐることがわかった。人間といふものはいろいろな事を知ってゐるとみえ、相当複雑な音も聞えた。あまりおもしろいので、又二つ三つ叩いてやったら、今度はみんなにのされてしまった」

当時、つまり昭和初期にヨーロッパから移入され、さかんに紹介されていた「エスプリ・ヌーボー（新精神）」と呼ばれた芸術思想や詩人や芸術家たちについてのコメントは、父のその後の作歌活動に直結していて、なるほどと思わせる。

「傳統とは由緒あるものなりとジャン・コクトオが云ったので、僕もすっかりいい気持になった。さういふ意味で傳統の上に立った新短歌が作りたいと思った」

「ジオルヂオ・デ・キリコやフランシス・ピカビヤから、アンドレ・ブルトン、ルイ・アラゴンへ、そして、今日ヨアン・ミロオも、イ・タンギイから先へ先へ進行してゐる。自動車が走ってゐるので、卓の花が滑り落ちる。スピイドを奪ったのだ」

また、あるノートのページにはフランス映画のチケットの半券がはさまっていた。しかし、これは私が父からよく聞いていた「巴里祭」や「望郷」といったロマンチックなドラマや詩的リアリズムの文芸映画ではなく、「最後の戦闘機」という戦争映画のものだった。半券には、こんな勇ましい宣伝コピーが書かれている。

「鬼才アナトール・リトヴアク監督

ジヨゼフ・ケツセルの名作『エキパージユ』の映畫化

エキパージュは空に戦ふ者のみの友情と戀を描く名戦争小説の映畫化!!

ここに戦争の生々しき姿と、美しき勇士の姿がある。!!

フランス映畫空前の空中戰映畫だ!!」（原文ママ）

「巴里祭」のアナベラ、「白き処女地」のジャン・ピエール・オーモンが主演している。

一九三五年、時代が舵を切り始めた昭和十年公開の映画である。

貧乏学生

子どものころの食卓で、父からときおり学生時代の話を聞いたことがあった。

「学生のころは渋谷の道玄坂の下の飲み屋でよく友だちと飲んでたんだけどね、みんな金がないから、安い酒をちょっと飲んで道玄坂の上まで走って登って行って帰ってくるんだ。そうすると酔いが早くまわって安上がりですむんだよ」

「△△先生の行きつけの飲み屋を調べてあってね、そこに友だちといって飲んでるんだ。そうすると△△先生が現れるわけだ。僕らは、〝先生、これは奇遇ですね。せっかくだからこちらの席でご一緒しませんか。〟って言って一緒に飲む。すると、先生のおごりになるわけだ。使う金がないから、頭を使ったのさ。ハハハ」

文学や芸術に対する熱い思いや葛藤の一方では、いつの時代でもどこにでもありそうな『どくとるマンボウ青春記』のようなヤンチャな学生生活も謳歌していたと見える。

「マンボウ」シリーズの著者北杜夫さんとなだいなださんと加賀乙彦さんは、ともに昭和の初めに生まれた同世代で、そろって医者でありながら作家になった。三人は同じころに慶應大学の医局でインターンをしていたこともあり、学生時代から長い親交がある。若いころお金がなかった三人は、誰が思いついたか新宿駅東口の紀伊國屋書店の手前の交差点で、ある計画を試みた。北杜夫さんが道行く人の前で逆立ちをして見せ、その脇でなだいなださんが帽子を持って見世物代をとろうというもくろみだった。ところが、この貧乏な若者たちのパフォーマンスを遠巻きに眺めていく人はいたものの、ほとんどの人はさっさと通り過ぎてしまい、結局、なださんの持っていた帽子には、たったの十円しか入っていなかったというオチである。なだいなださんが亡くなった折の「偲ぶ会」で北杜夫さんの奥様が話されたこの話は、昭和三十年ごろのことと思われる。

さて、一九三七年（昭和十二）、二十二歳の父は第一歌集『螺旋階段』を出版し、いよいよ本格的に歌人としての第一歩を踏み出した。この年の暮れに上野で、伝統短歌、新短歌を問わず、多くの先輩諸氏によって出版記念会が開催された。このとき、詰襟の学生服しか持っていなかった父はまわりから、「それじゃぁあんまりだろう」と言われて先輩歌人の早崎夏衛氏から背広を借りて出版記念会に出席した。背広はその後氏からいただくことになったという記録が残っている。

自動車ぎらい

國學院大學に寄贈したノートは大学時代だけのものではない。表紙に「軍事科學（自動車）」と書いてある戦時中のノートもあった。一九三八年（昭和十三）の春、大学を卒業して教職についた父は、間もなく入隊して満州に派遣される。一九三九年、満州から幹部候補生として帰国し、陸軍予備士官学校にはいった。世田谷の陸軍自動車学校時代と思われるこのノートには、自動車の発達から、ダイムラーやフォードなど外国の自動車についての知識、戦時における自動車の必要性、機械の構造についてまで図入りで記録されていて興味深い。この部分には昭和十九年四月と記されていた。戦時中の軍隊ではこんな授業が行われていた。

戦後、昭和三十年代になると、祖父は自分の設立した会社の社用車として白いフォードを買った。しかし父はそのころも、祖父が亡くなってから後も、「自動車」というものに全く関心を示さなかった。どこへ出かけるときでも電車か徒歩で行くことを好んだ。父は単に自動車に興味がない人なのだ、と私は思っていた。しかし、こうしていま考えてみると、単なる無関心ではなく、意志をもった「自動車ぎらい」だったのかもしれない。笑い話以外は戦争や軍隊の話をほとんどすることのなかった父。ノートの中に語られることのなかった一面を見ることができる。

限られた時間でノートの内容をすべて読んだわけではないが、残されていたノートには私が生まれる前の、私の知らないひとりの若者がいる。戦前の一文学青年の生活や心情が、生の形で見える貴重な資料だった。

もっと自由に、もっと奔放に

自分の記憶の中から、父にまつわるエピソードを思い出すまま順不同にかき集め、書き連ねてきた。最初はただバラバラでつながりのない記憶を整理してみよう、という程度の単純な動機で。歌人としての作品や著作に踏み込んだ評伝や研究ではなく、市井を生きたひとりの家庭人の姿を、できるだけ等身大で描くことに徹しようと思った。

書き始めてみると記憶は記憶を呼び、あいまいな内容を調べたり確かめたりしていくうちに次々とよみがえってくることもあれば、うっかり深みにはまりそうになったり、たまたま自分で読んでいた本の中に思いがけない記憶の糸口を見つけ、そこから過去に迷い込んだこともあった。國學院大學の折口博士記念古代学研究所で見せていただいた父の古いノートからは、私の知らなかった父の青春時代のページを開くことができた。

しかし、そろそろこのあたりで終わりにしよう。なぜなら、周辺を探る作業はあまりに面白すぎて、読者の関心の外へ外へと、私のペンは勝手に走っていってしまいそうだから。

十五歳から歩み始めた短歌の道を貫き、八十年という年月を迷うことなく歌に捧げた九十四年の人生。歌人でありながら、一方では、自分の父親の設立した中小企業の後を継ぎ、数多い親族の長としてふるまい、実直な暮らしを守り続けた。客観的に言えば、父は長い一生を全うした人だった。

最後に、父が愛した数学者、岡潔博士の自在な人生の一挿話を紹介したい。

岡潔は前人未踏の業績を残した世界的な数学者だが、稀代の変わり者としても知られていた。三十代後半から十年ほど、大阪と奈良の境にある紀見村の生家に家族を連れて身を寄せ、ひたすら研究にいそしんだ。そのころ、地べたに座り込んで思索にふけったり、あたりをうろつく奇怪な学者の姿を、村の子どもたちは子どもらしいあけすけな言葉で「きちがい博士」と呼んでいた。この村のある人は子どものころの記憶でこんな話をしている。用事をいいつかって紀見峠の向こう側の村にでかけたことがあった。朝まだき、峠の頂上附近にさしかかると、岡先生が不動の姿勢でじっとお日さまを見つめていた。かたわらを通りすぎて峠越えをし、用事を済ませて夕方同じ道を帰ってきたら、先生は朝と全く同じ姿勢でお日さまを見ていた。朝から晩まで全く変わらぬ姿勢で思索にふけっていたらしい(『岡潔――数学の詩人』高瀬正仁著　二〇〇八年　岩波新書より)。

父の大学時代のノートの中の、人には「気狂ひ」とでも言わせておけ、という記述に出会ったとき、私はふとこのエピソードを思い出した。穏やかな生を全うしたかに見える父の中にはあんがい、もっと自由でもっと奔放な「稀代の変わり者」として生きたいという希求が、生き続けていたのかもしれない。

ノートおよび引用の表現に、今日からみれば不適切と思われる言葉がありますが、書かれた時代背景とその価値、および故人であることなどを考慮し、そのまま引用しました。よろしくご理解のほどお願いいたします。

あとがき

この小さな本のあとがきは、お世話になった方への短い謝辞だけにしようと思っていました。

ところが、初校を終えた夏のある日のことです。大野誠夫さんのご子息、つまりこの本にも何度か登場する私の同級生の曜吉さんからこんな連絡をいただきました。三十年ほど前に亡くなった大野誠夫さんの遺品を整理していたら、私の父が書いた弔辞が出てきた。毛筆の長い巻物だという。曜吉さんが生まれる前の内容でどういうことかよくわからないことも書いてある。私にはわかるかもしれない。読んでみませんか、とのことでした。

読むと、昭和二十一年に創刊した「鶏苑《けいおん》」や新歌人集団のころのことが書かれていました。大野誠夫さん三十二歳、父三十一歳。少し長くなりますが一部引用します。

君とぼくとは戦後はやく友人となり、短歌雑誌鶏苑を結んで交互に編集発行にあたり助けあって来たが、廿八年に至って互いの作風・志向に忠実であろうと鶏苑の発展的解消

をはかり…（略）正直言っていい意味のライバル意識を持っていたのだった

（略）

君は新歌人集団の頃　それは戦後間もなく歌集薔薇祭により歌壇の注目をいっきに集めた　確かにいきいきと妖しいまでにすぐれた発想と表現力をもって一時期を画した

　兵たりしものさまよへる風の市白きマフラーをまきゐたり哀し

等いまも多くの人たちに愛誦されつづけている　華麗に秘めた憂愁、仮構と言いつつ実に危うい
までの美を歌いあげた

（略）

思えば三十八年のつきあいである　いいたいことがいっぱいあって何もいえない（原文ママ）

行間にはこんないきさつが垣間見えます。

昭和二十一年に新歌人集団を立ち上げた若手歌人の中でただひとり父だけが、戦前の学生時代に第一歌集『螺旋階段』を出版し、すでに新進歌人として歌壇にデビューしていました。しかし復員してから病気で教職を辞し親の後を継いで実業の道にはいった父は、第

二歌集を出す昭和二十八年まで長いブランクがあります。

一方その間、同世代の仲間は次々にデビューしていきます。大野誠夫さんは『薔薇祭』で鮮烈なデビューを果たし脚光を浴びます。こうした中で、父はどれほどの焦りや悔しさを覚えたことでしょう。

生き方も性格も作風も、ある意味で対照的なふたりが終戦直後の焼け跡で出会い、意気投合し、やがてたもとを分かってそれぞれの道を選んで行くまでの時間には、本人たちにしかわからないものがあったに違いありません。私の知らない父、曜吉さんの知らない大野誠夫さんの若き日々です。

書くことで記憶は形になります。それは、胸の底に沈んでいたものを解放してやることかもしれません。そして、私にとっては思いがけない発見や出会いでもありました。

本書は沖ななもさん主宰の短歌雑誌「熾《おき》」二〇一五年十一月号〜二〇一六年十月号に連載された「記憶の中の父 加藤克巳」を大幅に加筆修正・再構成したものです。きっかけを作ってくださった沖ななもさんに深く感謝いたします。また、父の最晩年に至るまで作歌活動をサポートしてくださった大畑悳子さんをはじめ長い生涯を公私にわたり支えてくださった多くの方、父のノートに関してお世話になった國學院大學折口博士記念古代研究所所長の小川直之教授、私の子供時代のエピソードに登場していただいた友人知人に心よりお礼を申し上げます。
そして、短歌研究社の堀山和子さんのアドバイスや編集を担当してくださった水野佐八香さんの励まし無くして、この本を書き上げることはできませんでした。特に、こんな誰にでもありそうな子供時代の逸話を他人が読んで面白いだろうか、とおじけづく私の背中をポンと押してくれたのは、若い水野さんの「私が読んでも笑えます」の一言でした。ありがとうございました。

二〇一七年　秋　　長澤洋子

加藤克巳略年譜

一九一五年（大正四年）
六月三十日、京都府綾部市に生まれる。

一九二九年（昭和四年）　十四歳
埼玉県立浦和中学校二年に転入学。作歌活動を開始する。

一九三〇年（昭和五年）　十五歳
若山牧水系の歌誌「菁藻」に入会。

一九三三年（昭和八年）　十八歳
國學院大學予科へ入学。

一九三五年（昭和十年）　二十歳
國學院大學国文科へ進学。折口信夫、武田祐吉の薫陶を受ける。「短歌精神」創刊に参加。新芸術派短歌運動の実践に入る。

一九三七年（昭和十二年）　二十二歳
第一歌集『螺旋階段』刊行。

一九三八年（昭和十三年）　二十三歳
國學院大學国文科卒業。陸軍に入隊、後に大尉となる。

一九四五年（昭和二十年）　三十歳
終戦。埼玉県立浦和中学校に復職。

一九四六年（昭和二十一年）　三十一歳
「鶏苑」を常見千香夫、大野誠夫らと創刊。近藤芳美、宮柊二、大野誠夫らと「新歌人集団」を結成。

一九四八年（昭和二十三年）　三十三歳
父親の経営するミシン会社に入社（後に常務取締役、専務、社長を経て会長となる）。

一九五三年（昭和二十八年）　三十八歳
「近代」を創刊。

一九五六年（昭和三十一年）　四十一歳
現代歌人協会を結成し、理事を務める（一九九一〜四年に理事長）。

一九六三年（昭和三十八年）　四十八歳
「近代」を「個性」に改名し創刊。

一九六八年（昭和四十三年）　五十三歳

埼玉県歌人会会長となる。

一九七〇年（昭和四十五年）　五十五歳
第四歌集『球体』とこれまでの業績により第四回迢空賞を受賞。

一九七五年（昭和五十年）　六十歳
埼玉県文化団体連合会理事長となる。埼玉文化賞を受賞。

一九七六年（昭和五十一年）　六十一歳
文化振興に寄与した功績により埼玉県知事表彰。

一九七九年（昭和五十四年）　六十四歳
産業振興に寄与した功績により藍綬褒章受章。

一九八六年（昭和六十一年）　七十一歳
文化功労により勲四等瑞宝章受章。埼玉文芸懇話会会長となる。『加藤克巳全歌集』とこれまでの業績により第九回現代短歌大賞を受賞。

一九九一年（平成三年）　七十六歳
現代歌人協会理事長となる（第三代〜一九九四年まで）。

一九九六年（平成八年）　八十歳
宮中歌会始召人となる。

一九九七年（平成九年）　八十二歳
さいたま文学館設立、運営委員会常任委員。

二〇〇二年（平成十四年）　八十七歳
埼玉文芸家集団発足、代表となる。

二〇〇四年（平成十六年）　八十九歳
「個性」終刊。

二〇〇九年（平成二十一年）　九十四歳
『克巳かるた』刊行。

二〇一〇年（平成二十二年）
五月十六日永眠、享年九十四歳。

主著目録

Ⅰ　歌集（全二十冊）

1『螺旋階段』（昭和十二年・民族社）
2『エスプリの花』（昭和二十八年・白玉書房）
3『宇宙塵』（昭和三十一年・ユリイカ）

4『球体』　（昭和四十四年・短歌新聞社、
第四回迢空賞受賞）
5『心庭晩夏』　（昭和四十八年・角川書店）
6『青の六月』　（昭和五十二年・短歌新聞社）
7『万象ゆれて』　（昭和五十三年・角川書店）
8『石は抒情す』　（昭和五十八年・短歌新聞社）
9『ルドンのまなこ』　（昭和六十二年・沖積舎）
10『天壇光』　（昭和六十二年・短歌新聞社）
11『樹下逍遥』　（平成二年・短歌新聞社）
12『月は皎く砕けて』　（平成四年・砂子屋書房）
13『矩形の森』　（平成十一年三月・砂子屋書房）
14『樹液』　（平成十一年六月・砂子屋書房）
15『游魂』　（平成十二年・砂子屋書房）
16『森と太陽と思想』　（平成十三年・短歌新聞社）
17『春は近きか』　（平成十四年・短歌新聞社）
18『遠とどろきの』　（平成十五年・東京四季出版）
19『夕やまざくら』
（卒寿記念歌集　平成十七年・角川書店）
20『朝茜』　（平成十九年・角川書店）

Ⅱ　選集・全歌集等

『玄青』　（昭和五十四年・短歌新聞社）
『加藤克巳全歌集』　（昭和六十年・沖積舎、
第九回現代短歌大賞受賞）
『加藤克巳　自選一八〇〇首』　（平成十六年・角川書店）
ほか

Ⅲ　評論・随筆集等

『意志と美』　（昭和四十二年・短歌新聞社）
『邂逅の美学』　（昭和五十年・短歌新聞社）
『熟成と展開』　（昭和五十六年・短歌新聞社）
『新歌人集団』　（昭和五十七年・角川書店）
『石百歌』　（昭和五十八年・四季出版）
『短歌問答』　（昭和六十二年・さきたま出版会）
『鑑賞　釈迢空の秀歌』
『旅のこころ・歌のこころ』　（昭和六十二年・短歌新聞社）

『歌は主観の表現である』（昭和六十三年・砂子屋書房）
『宙空憧憬』（平成二年・沖積舎）
『現代短歌史』（平成二年・砂子屋書房）
『時はおやみなく』（平成五年・砂子屋書房）
『原郷を恋う心、そして』（平成十二年・短歌新聞社）
（平成十三年・砂子屋書房）
『詩のこころ　美のこころ』（平成十四年・東京四季出版）
『雲と心』（平成十四年・砂子屋書房）
『百、千足る（もも、ちたる）』（平成十五年・東京四季出版）
『古代歌謡』（平成十六年・短歌新聞社）
『おのずからの世界』（平成二十年・角川書店）

Ⅳ　加藤克巳著作選

『加藤克巳短歌集成』（全五巻・別巻　平成六～十年・沖積舎）
ほか

Ⅴその他

『加藤克巳アルバム』（個性の会編・平成五年・風心社）
『加藤克巳作品研究』（個性の会・平成十五年・風心社）
『克巳かるた』（平成二十一年・角川学芸出版）
ほか

検印
省略

平成三十年一月八日　印刷発行

庭のソクラテス
記憶の中の父　加藤克巳

定価　本体一六〇〇円（税別）

著　者　長《なが》澤《さわ》洋《よう》子《こ》

発行者　國兼秀二
発行所　短歌研究社
郵便番号一一二―〇〇一三
東京都文京区音羽一―一七―一四　音羽YKビル
電話〇三（三九四四）四八二二・四八三三
振替〇〇一九〇―九―二四三七五番
印刷者　豊国印刷
製本者　牧製本

ISBN 978-4-86272-569-1　C0095　¥1600E

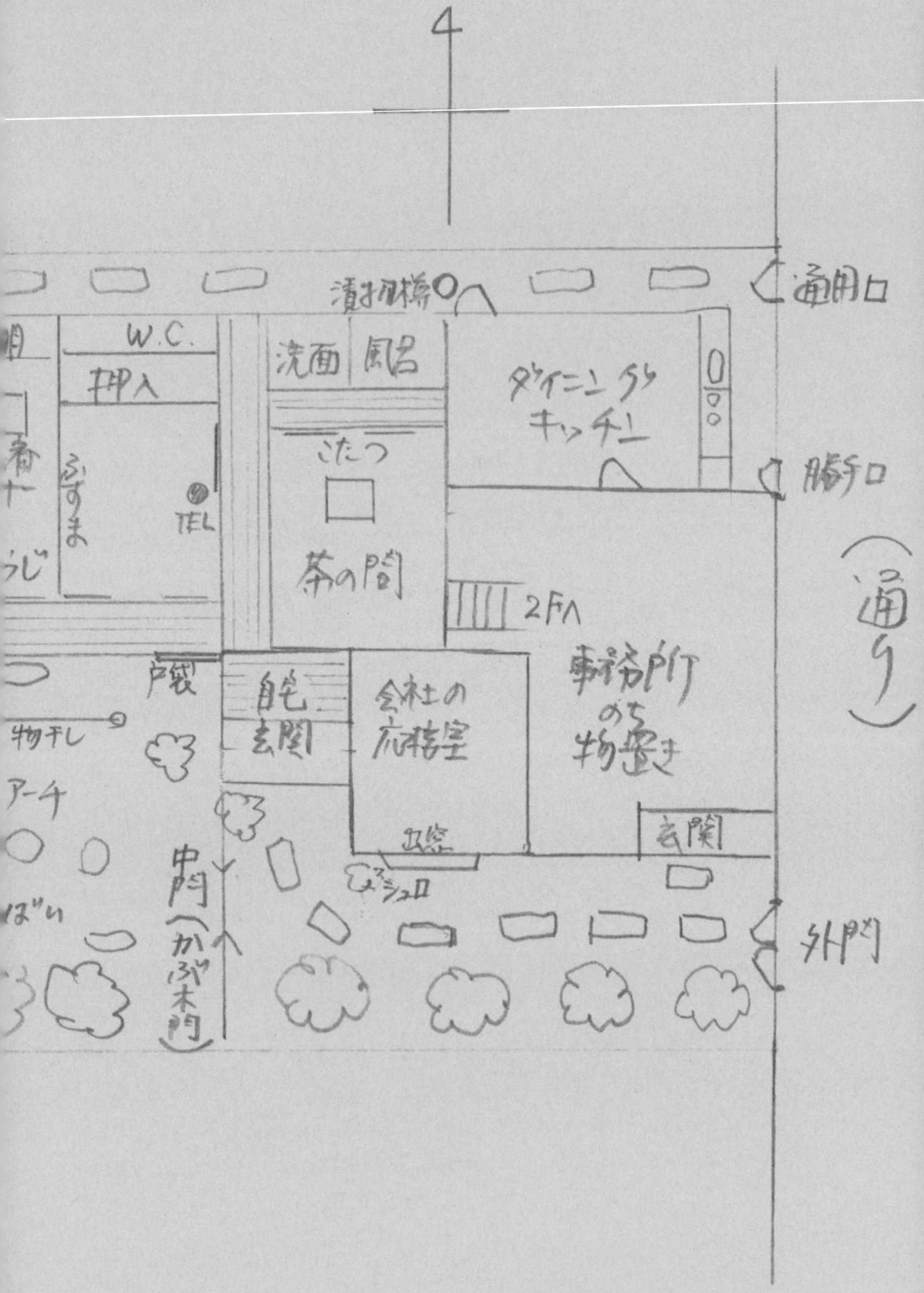
4
漬物樽
通用口
W.C.
洗面
風呂
押入
ダイニングキッチン
こたつ
茶の間
ふすま
TEL
勝手口
（通り）
2Fへ
事務所のち物置き
自宅玄関
会社の応接室
出窓
玄関
戸袋
物干し
アーチ
シュロ
中門（かぶ木門）
外門